o que se diz e o que se entende

o que se **diz** e
o que se **entende**

Cecília Meireles

Apresentação
Ignácio de Loyola Brandão

Coordenação Editorial
André Seffrin

2ª Edição, Global Editora, São Paulo 2016
1ª Reimpressão, 2019

Jefferson L. Alves – diretor editorial
Gustavo Henrique Tuna – editor assistente
André Seffrin – coordenação editorial, estabelecimento de texto, cronologia e bibliografia
Flávio Samuel – gerente de produção
Flavia Baggio – preparação de texto
Deborah Stafussi – assistente editorial
Fernanda B. Bincoletto e Tatiana F. Souza – revisão
Nicolle Bizelli – projeto gráfico
Marcelo Girard – capa

A Global Editora agradece à Solombra - Agência Literária pela gentil
cessão dos direitos de imagem de Cecília Meireles.

Obra atualizada conforme o
NOVO ACORDO ORTOGRÁFICO DA LÍNGUA PORTUGUESA.

CIP-BRASIL. CATALOGAÇÃO NA FONTE
SINDICATO NACIONAL DOS EDITORES DE LIVROS, RJ

M453q
2. ed.

Meireles, Cecília, 1901-1964
O que se diz e o que se entende / Cecília Meireles; coordenação André Seffrin; apresentação Ignácio de Loyola Brandão. – 2. ed. – São Paulo: Global, 2016.

ISBN 978-85-260-2216-4

1. Crônica brasileira. I. Seffrin, André. II. Brandão, Ignácio de Loyola, 1936-. III. Título.

15-24002 CDD: 869.98
CDU: 821.134.3(81)-8

Global editora e distribuidora ltda.
Rua Pirapitingui, 111 - Liberdade
CEP 01508-020 - São Paulo - SP
Tel.: (11) 3277-7999
e-mail: global@globaleditora.com.br
www.globaleditora.com.br

Nº de Catálogo: **3766**

ACERVO PESSOAL DE CECÍLIA MEIRELES

Sumário

Cecília Meireles: fome de acertar e sempre aprender – *Ignácio de Loyola Brandão* 11

Ano muito bom 19
Carta para Andrômeda 21
Patinação 23
Lamento pela cidade perdida 25
Férias na Ilha do Nanja 27
A moça do Silogeu 29
Contrabando e magia 31
Sabiás românticos 34
Meus "orientes" 36
Os anjos de papel cuchê 39
Jantar à luz de vela 41
Fantasmas 43
Caligrafia poética e risonha 45
"Oi, da prata e do ouro..." 47
Descobrimento do Anjo da Guarda 50
Junho antigo 52
O que se diz e o que se entende 54
Luzes da terra e do céu 56
Antiguidades 58
Súplica por uma árvore 60
Inverno 62
Semana Santa 64
Às vinte e duas horas 67
História quase macabra 69
Lembrança de Abhay Khatau 71

A arte de não fazer nada 73
Carnaval do Rio. 76
Rabindranath, pequeno estudante 78
Dia de sol 80
Não creias nos teus olhos. 82
Festa 84
Escola de bem-te-vis 86
Centenário de Okakura Kakuzo 88
Chegada da Primavera. 90
Querida música 92
Canções de Tagore. 95
Tédio de comprar 97
Da gula bem temperada. 99
Os saltimbancos. 102
Jardins. 104
O tempo e os relógios 107
Aragem do Oriente 110
Flores da Caçulinha 112
O estranho festim 115
A cor da inveja. 118
Oradores e cães danados 120
Figuras de Marken 122
Curso completo 124
Por falarmos de chá... 126
A propósito de Villa-Lobos 128
Considerações acerca da goiaba 130
Três livrinhos antigos 132
O aniversário de Gandhi 134
Lições de botânica. 138
Juvenal 140
Marine Drive 142
O *Gurudev*. 144
Hora japonesa 146

Outro Natal 149
Conversas antigas de fim de ano 152

Cronologia 155
Bibliografia básica sobre Cecília Meireles 161

Cecília Meireles: fome de acertar e sempre aprender

Eu sabia que deveria escrever um curto ensaio sobre Cecília Meireles e este livro de crônicas. Mudei de ideia e pensei em realizar algo mais pessoal.

Aos meus dezesseis anos, um professor meu, o Machadinho, me deu, não sei por que razão (mas ele, sim), um livro de poesias intitulado *Mar absoluto*, de Cecília Meireles, para mim autora até então desconhecida. Numa das noites de solidão em Araraquara, no interior de São Paulo, devorei o livro. Na adolescência, somos solitários, cultivamos angústias. Nunca mais os versos iniciais de *Mar absoluto* me saíram da memória, orientando minha vida. "Foi desde sempre o mar./ E multidões passadas me empurravam/ como a barco esquecido.// Agora recordo que falavam/ da revolta dos ventos,/ de linhos, de cordas, de ferros,/ de sereias dadas à costa." Assim foi minha jornada até este momento, com multidões me empurrando como a barco esquecido. Devo muito do que sou (ainda que seja pequeno) ao que tirei de cada linha que devorei de Cecília Meireles, poeta que devemos ler com parcimônia e muita atenção, por seus significados ocultos, por suas sugestões.

Então, já que sou cronista, meu editor me pediu que escrevesse esta apresentação. Aterrorizado, pensei: "Falar o que mais sobre esse ser luminoso?". Cecília transmite uma luminosidade que transparece em suas fotos, suas entrevistas, seus textos. Gostaria, antes, de falar da Global, onde resido há quase trinta anos e que, de dez anos para cá, começou a deixar uma das marcas mais significativas no mundo editorial. A de olhar para a literatura brasileira, descobrindo os novos e recuperando os que fizeram esta literatura ser o que é. Devolvendo às livrarias autores muito citados, porém esquecidos, abandonados. Ela parece voltar a assumir o papel das editoras do passado, cada uma em um determinado momento da vida nacional, como a José Olympio, a Martins, a Nacional e a Civilização Brasileira. Se hoje vemos novamente os livros de Gilberto Freyre, Câmara Cascudo, Cora Coralina, Marcos Rey e Cecília Meireles, devemos isso a esse garimpo cuidadoso, aliás, afetuoso, eu diria.

Cecília Meireles. Existe alguém mais citado? Mas quantos, além de alguns poucos professores e ensaístas, sabem que ela não é unicamente autora do monumental *Romanceiro da Inconfidência*? Vejo usadas e utilizadas, nos mais diversos, e nem sempre oportunos, contextos as frases de Cecília. Mas quantos a conhecem realmente? Espantamo-nos ao ver a obra criada por ela em apenas 63 anos de vida. Poesia, crônicas - quantos conheciam essa faceta de Cecília? -, livros infantis, ensaios sobre educação e pedagogia - quantos sabiam que ela era autoridade nessas duas matérias? Viajante e jornalista, o que viu colocou em versos e em reportagens. Aos poucos, a Global restaura uma das intelectuais mais lúcidas e poéticas de nossa história. Nas aulas de literatura, se o professor for iluminado, deverá estudar Cecília, sua prosa gentil, suas tessituras e imagens. Uma cronista que se foi há meio século, sem outra igual na atualidade, debruçada sobre o cotidiano, o trivial e os objetos do prosaico.

Há uma entrevista que Pedro Bloch, também ótimo autor e cronista, fez com Cecília para a revista *Manchete* em 1964. Aliás, parece-me que foi a última concedida. Bloch destaca, encantado, em certo momento, um trecho que se acomoda perfeitamente quando atravessamos este *O que se diz e o que se entende*:

> Mas houve épocas em que a janela abria para um canal em que oscilava um barco carregado de flores. Outras em que se abria para um terreiro, sobre uma cidade de giz, para um jardim que parecia morto. Outras vezes abre a janela e encontra um jasmineiro em flor, nuvens espessas ou crianças que vão para a escola, pardais que pulam pelo muro, gatos, borboletas, marimbondos, um galo que canta, um avião que passa. E Cecília se sente completamente feliz.

E conclui:

> Mas, quando falo dessas pequenas felicidades certas, que estão diante de cada janela, uns dizem que essas coisas não existem, outros que só existem diante das minhas janelas, e outros, finalmente, que é preciso aprender a olhar, para poder vê-las assim.[1]

1 BLOCH, P. Cecília Meireles. In: ______. *Entrevista*: vida, pensamento e obra de grandes vultos da cultura brasileira. Rio de Janeiro: Bloch, 1989.

O seu olhar descobre coisas delicadas. Cecília nos dá "aulas" de redação, mostra o que é estilo. Diante do que nos parece o nada, ela extrai uma crônica que fala do essencial: o não fazer nada. Disse certa vez Marguerite Duras que uma pessoa precisa ter uma força extraordinária para não fazer nada. E Cecília completa: "Dizem-me que mais da metade da humanidade se dedica à prática dessa arte". Ou seja, a arte de não fazer nada.

> Há homens longamente parados a olhar os patos na água. Esses, dir-se-ia que não fazem mesmo absolutamente nada [...]. Mas quem sabe a lição que estão recebendo dos patos, desse viver anfíbio, desse destino de navegar com remos próprios, dessa obediência de seguirem todos juntos, enfileirados [...]? Pode ser um grande trabalho interior, o desses homens simples, aparentemente desocupados [...]. De muitas experiências contemplativas se constrói a sabedoria [...][2]

Sábia, digo eu, é a escritora que constrói tal situação, conseguindo usar um *dir-se-ia* sem que estrague a frase.

Palavras, trabalhar com elas. É necessário inventá-las, tal como Guimarães Rosa? Cecília nos tranquiliza ao responder a Pedro Bloch:

> Se eu inventei palavras? Não. Isso nunca me preocupou. No inventar há uma certa dose de vaidade. "Inventei. É meu." O que me fascina é a palavra que descubro, uma palavra antiga, abandonada, e que já pertenceu a tanta gente que a viveu e sofreu![3]

Circule comigo por estas crônicas. Não é preciso ler na ordem, escolha aleatoriamente. Por amostragem, como se diz. Quem, num brechó, numa feirinha de antiguidades, diante daqueles objetos todos envelhecidos, às vezes empoeirados, não pensa, não reflete como Cecília faz em "Antiguidades"?

> Ah! compoteiras gloriosas, que um dia brilhastes com o topázio e o rubi dos doces de carambola e goiaba! [...] Tivestes os vossos donos, que vos amaram, que vos admiraram, que vos protegeram para que a vossa beleza não sofresse nenhum agravo. E agora sois objetos desparelhados, que uns acham velhos

---

2 MEIRELES, Cecília. A arte de não fazer nada. In: ______. *O que se diz e o que se entende*. São Paulo: Global, 2015, p. 73.
3 BLOCH, P. Op. cit, p. 31-36.

> demais, que outros não acham suficientemente velhos, e assim habitais esse mundo de poeira [...][4]

Muitas vezes, essas crônicas desandam, superam a imaginação da autora, tornam-se contos fantásticos, dignos de um Allan Poe, de um Lovecraft. Como em "História quase macabra", em que Cecília conta do museu subterrâneo que abriga corpos exumados e que, após séculos, mantiveram-se conservados, como se tivessem morrido ontem. O guia desse museu conhece a história de cada morto. Um deles carrega o mistério. É um homem de uns quarenta anos, extremamente bem-vestido, cabelos negros e bem penteados. Quem era, quem foi, por que ficou assim conservado, o que fazia, qual o seu ofício? O guia, que nada sabia, passou a inventar histórias para cada um daqueles mortos. Não será esse guia um escritor? Não seremos todos nós, cronistas e contistas, guardas de um museu imaginário, cheio de corpos exumados aos quais damos vida?

O que vemos corresponde à realidade? Ou vemos o que queremos ver, criando ilusões? O texto "Não creias nos teus olhos" é outra lição de como construir uma situação. Deveria ser cobrado em vestibular para mostrar como é redigir a partir de uma visão banal. Em um restaurante de São Paulo, Cecília, carioca, e o marido olham para um casal que come ao lado. Ela logo imagina um bandeirante, grande e forte, a descer rios, subir montanhas, sem fome, sede ou cansaço. E ela, sim, ela é uma bela índia, de cabelos loiros como os trigais, vestida de seda azul, berloques nos braços e no pescoço. As fantasias crescem, extrapolam, até um amigo chegar e dizer: "Eu já venho bater um papinho com vocês: primeiro, vou ali cumprimentar aquele casal italiano...".[5]

Cecília fala de pássaros, de viagens ao Oriente – que a deixa fascinada –, dos jardins da Holanda, do preparo do chá, da primavera, das canções, dos versos e da música de Rabindranath Tagore, do tédio que é comprar, da gula e da comida, dos saltimbancos, do tempo, contando a diferença do compasso entre os pequenos relógios. Um pequeno poema em prosa cresce subitamente no meio deste livro:

---

4 MEIRELES, Cecília. Antiguidades. Op. cit., p. 59.

5 Idem. Não creias nos teus olhos. Ibidem, p. 83.

> Depois, havia a senhora inconsolável, que ganhou de presente o seu bonito relógio de ouro. Tão bonito, todo enfeitado. Andou dois dias – e parou. Ali estava na palma da sua mão, como um passarinho morto. E ela quase em lágrimas, esperando, confiando no moço – com aqueles ares de médico, assim de uniforme branco, assim de olhos penetrantes –, pedindo-lhe a ressurreição do relogiozinho...[6]

Caminhando por estas crônicas, parei em uma: "O estranho festim". Em apenas três páginas, a autora constrói todo o clima, a ambientação de um delicado e terno filme que ela não chegou a ver, *A festa de Babette,* dirigido pelo dinamarquês Gabriel Axel, em 1987. Cecília morreu 23 anos antes. O filme é baseado em um conto de Karen Blixen, publicado em 1950, nos Estados Unidos. Nessa crônica (muito mais um conto), Cecília conta a história de um banquete, para o qual, como os produtos da terra não bastassem, importaram o que havia de mais exótico de outras terras. Um bom cineasta brasileiro se fartaria com o humor e a ironia dos *experts* em banquetes especiais, dos entendidos em cardápios, bebidas; principalmente nos dias de hoje, em que vivemos a época dos *chefs,* dos livros sobre gastronomia, dos vinhos e dos enólogos. Tudo parece um congresso internacional. O texto de Meireles, brasileiríssimo, está mais para *A comilança* (*La grande bouffe*), de Marco Ferreri. Ligada a este, há uma crônica em que ela fala do livro *Cozinheiro moderno,* pelo qual desfilam "olhos de vitela, coelhos enrolados, perus em globo, coxinhas de galinha em botinas, frangos em forma de peras, [...] 'sopa de leite de amêndoas'".[7] Fiquei horas matutando sobre o que seriam "coxinhas de galinhas em botinas" e "perus em globo".

Vire página a página devagar. Em cada uma delas há uma descoberta, um encanto, uma surpresa. Leiam "A cor da inveja", "Oradores e cães danados", "Considerações acerca da goiaba" (você acha que sabe o que é uma goiaba?). A arte de uma crônica é fazer do estranho algo familiar, falar dele delicadamente, como se fosse uma coisa normal, corrente em nosso cotidiano. Econômica, objetiva, empregando o termo exato, poeta o tempo inteiro, fulgu-

6 Idem. O tempo e os relógios. Ibidem, p. 108.
7 Idem. Três livrinhos antigos. Ibidem, p. 132.

rante nas observações, Cecília Meireles nos diverte, ensina, provoca, questiona, faz rir e pensar. Um livro que dá a sensação de ter sido escrito ontem; isso se chama clássico, a linguagem permanente, atual, que nos deixa fascinados.

Uma vez mais, divido com o leitor duas respostas de Cecília Meireles a Pedro Bloch naquela longínqua entrevista da qual retirei alguns trechos. Fiquemos com duas "lições" de como e por que ser escritor, ditas por ela não como pedantismo e lição, mas como modo de ser:

> "Tenho um vício terrível" - me confessa Cecília Meireles, com ar de quem acumulou setenta pecados capitais. "Meu vício é gostar de gente. Você acha que isso tem cura? Tenho tal amor pela criatura humana, em profundidade, que deve ser doença."
>
> "Vivo constantemente com fome de acertar. Sempre quase digo o que quero. Para transmitir, preciso saber. Não posso arrancar tudo de mim mesma sempre. Por isso leio, estudo. Cultura, para mim, é emoção sempre nova. Posso passar anos sem pisar num cinema, mas não posso deixar de ler, deixar de ouvir minha música (prefiro a medieval), deixar de estudar, hindi ou o hebraico, compreende?"[8]

Muito se tem dito sobre a crônica nos meios acadêmicos, inclusive relegando-a à condição de literatura menor. Cecília Meireles mostra que não existe isso. O que existe é simplesmente literatura bem-feita ou malfeita. Suas crônicas, agudas em sua simplicidade aparente, e suas observações sobre o humano e os sentimentos são literatura maior.

IGNÁCIO DE LOYOLA BRANDÃO

8 BLOCH, P. Op. cit, p. 31-36.

o que se diz e
o que se entende

Ano muito bom

Certa noite de 31 de dezembro, éramos um grupo de pessoas mais ou menos estranhas umas às outras, que voávamos juntas para a Índia. Nossas relações de conhecimento, muito vagas, datavam apenas de horas. Nossa história comum limitava-se à contemplação de algumas imagens inesquecíveis: o Mediterrâneo, as pirâmides, imensos desertos pálidos, golfos que o sol coloria com tintas orientais e, finalmente, o céu que fora tão grande e parecia pouco a pouco reduzir-se em sombra, e ficar do nosso tamanho, do tamanho das nossas pequenas vidas ali suspensas, com seus mistérios, esperanças e medos.

Éramos pessoas de variados lugares, viajando por variados motivos. Algumas, imersas em leituras edificantes; outras, distraídas com livros fúteis. Umas dormitavam cansadas; outras, que se aferravam ao noticiário de seus jornais, embora esses jornais e essas notícias fossem ficando a cada instante muito mais longe e como sem efeito para os viajantes do céu. E algumas que se entregavam sossegadas ao seu destino, mascando esses grãos e sementes com que os dentes vão entretendo, resignados, a passagem do tempo.

Éramos também pessoas de sonhos aparentemente diversos: bons indianos que regressavam a seus lares; europeus preocupados com pesquisas de arte e ciência; gente que ruminava negócios muito complexos; gente que refletia sobre a maneira de tornar o Oriente e o Ocidente reciprocamente inteligíveis. Havia de tudo: como convém a uma viagem mais ou menos mitológica.

A minha rósea vizinha americana, de sandálias douradas, quando alguém lhe perguntou o que ia fazer por aqueles lados, respondeu com naturalidade que ia passar a noite dançando em Bombaim. E a aeromoça, com seus trajes de anjo, passava por entre esses sonhos tão desencontrados distribuindo equitativamente sementes e balas, enquanto a rósea americana começava a perfumar-se toda, porque Bombaim era uma realidade cada vez mais próxima.

O ano, porém, chegava ainda mais depressa que Bombaim. E em dado momento soubemos todos que, malgrado as extravagâncias dos relógios, era meia-noite, entre as estrelas e o mar.

Para os que tinham deixado sua casa no Ocidente, essa meia-noite se enchia de repente de recordações e saudades. Estrondos de bombas, cascatas cintilantes de fogos de artifício, ondas de música, repiques de sinos, rostos amados, cartões de boas-festas, e, em redor das ceias tradicionais, vozes antigas, vozes recentes, vozes graves, vozes humildes, dizendo frases de amizade que na terra, de tão repetidas, parecem banais, mas, naquela altura, inesperadamente se tornavam miraculosas, com toda a sua potência de felicidade.

Com pequenas alterações, todos levávamos no coração essa velha herança romana de doces ofertas de tâmaras, figos, mel, a antigos deuses que desejaríamos eternamente propícios. Com o mesmo gesto das mãos contemporâneas, entrevíamos em sonho mãos antiquíssimas trocando presentes amistosos. E sobre as festividades pagãs, o Menino Jesus, num outro plano, recebia a Circuncisão. Tudo isso levávamos conosco: início da vida, início das eras: uma união total, uma infinita alegria.

E a aeromoça, de belíssimos olhos, abria e fechava as asas do seu sári azul servindo-nos suas pequeninas oferendas. E o comandante vinha participar da festa, que era ao mesmo tempo de começo e de fim.

E de repente vimos que estávamos todos de mãos dadas, e todos formulávamos nossos votos mútuos, cada um na sua língua, todos num idioma comum de esperança e ternura.

Foi assim que, entre um ano e outro, uma noite, entre o céu e a terra, o Oriente e o Ocidente estiveram unidos simbolicamente, num fervoroso abraço.

O dia seguinte foi belo, colorido, bizarro, como são todos os dias da Índia. Mas lá o ano não começa em janeiro em todos os calendários. O primeiro dia do ano lunar, o *Gudi Parwa*, é na primavera. Há grandes festas, e quem mastigar folhas de *nim*, nesse dia, terá saúde o ano inteiro. Mas a coisa mais bela é que nesse dia ninguém pode falar com violência e são proibidas todas as manifestações de cólera. Ano bom, verdadeiramente! Quem o pudesse conservar assim, recomeçando-o do mesmo modo todos os dias!

Carta para Andrômeda

Acabo de ouvir que na Via Láctea, próximo a Andrômeda, ou nessa mesma nebulosa, existe um povo sobrenatural que deseja ardentemente entrar em comunicação com os habitantes da Terra. Esse povo é dotado de uma civilização adiantadíssima, e vê (e compreende e perdoa, naturalmente) o que estamos fazendo, neste triste chão, nós, subdesenvolvidos mortais. Não é preciso, pois, mandar contar para Andrômeda o que vamos curtindo neste mundo, não só por sermos os pobres mortais que somos, mas sobretudo por nos estarmos tornando muito piores do que devíamos ser. Tudo isso de Andrômeda é limpidamente visível: de lá, somos vistos como uns pequenos monstros, por essas gaiolas de vidro dos arranha-céus. Desconfio mesmo que sejamos vistos também por dentro, malgrado as vidraças opacas dos nossos corpos. E os habitantes da Via Láctea, magnânimos como certamente são, devem sentir tanta pena de nós, como nós devíamos sentir vergonha, ante os seus olhos, ou a sua sensibilidade, ou os meios de que dispõem para nos perceberem de tão longe. (Creio que muitos séculos-luz.)

Ora, eu queria escrever esta carta para Andrômeda, embora, na sua sabedoria, esse povo seja capaz de surpreender todas as intenções nossas, porque a Terra é tão grande, e eu sou tão pequena que é natural que os de Andrômeda estejam mais interessados nos condutores do mundo, nos chefes, nos poderosos, e não nos cronistas como nós...

O que eu queria dizer aos de Andrômeda é que passo a dirigir toda a minha atenção aos seus apelos, que acredito na possibilidade do sobrenatural, que não me resigno a esta presente condição humana, que peço todo o auxílio desses anjos da Via Láctea para que nos venham salvar, como Perseu, um dia, salvou aquela que, exposta a um monstro marinho, teve afinal seu nome escrito nesses caminhos brancos do céu.

Por serem mais perfeitos que nós, os de Andrômeda devem estar mais próximos de Deus. E estamos com tamanha falta de Deus, e tanta dificuldade de encontrá-lo que os de Andrômeda devem procurar chegar imediatamente a todos nós, se não em veículos espaciais, em veículos espirituais e invisíveis, que cheguem a cada um em particular e acordem o que ainda existe de divino neste caos em que a humanidade foi precipitada.

Entre a beleza de sua mãe, Cassiopeia, e a coragem de seu esposo, Perseu, Andrômeda é um símbolo de salvação do martírio. Ó vós, os de Andrômeda, vede como estamos sendo martirizados por estes séculos duros, por estes séculos impiedosos, em que a ciência e a riqueza não podem lutar contra a ferocidade! Apressai-vos, que vos necessitamos muito! Trazei-nos o vosso exemplo, a vossa inspiração, dai um estímulo aos que se inclinam para a decadência, e redobrai a força dos que não se querem abandonar a um destino inferior ao do homem! Povos da Via Láctea, tende pena dos que ficaram neste mundo perpetuando as atrocidades dos velhos mitos!

Patinação

O admirável não é apenas que as roupas sejam tão belas, que os movimentos se desenvolvam com tanta harmonia: o admirável, principalmente, é que tudo isso deslize sobre patins. As figuras vêm de longe, velozmente, mas numa velocidade suave, silenciosa e feliz. Devíamos andar assim no mundo. Nossos trajetos deviam cruzar-se desse modo: sem choques nem pausas, com um desenho de cortesias que se entrelaçam delicadamente. E vem a ser justamente a mais adequada ao conjunto, como se a submissão à lei não lhe diminuísse o valor próprio mas, ao contrário, o salientasse e lhe revelasse imprevistos aspectos.

Alguma coisa fugidia, apaixonada de distância e mistério existe no nosso coração, pela delícia que nos causam os movimentos dos patinadores retirando-se implacável e sutilmente, como um som que gradativamente se apaga, uma estrela que, inexorável, desaparece. Os patinadores vão sendo levados, num tempo mais profundo que o do seu bailado, absorvidos pelo ímã do horizonte, inalcançáveis e íntegros como deuses.

Alguma coisa também deve existir em nós atraída pela resposta do eco, ansiosa de repercussões e espelhos, para nos encantarmos com os patinadores que se acercam e reconhecem e combinam seus abraços com esse perfeito ritmo em que confundem e recuperam sua unidade, aproximando-se e separando-se, livres e prisioneiros, deixando que se cumpra com rigor e graça a parábola de seus encontros e desencontros.

Pensa-se que isto é uma distração frívola, e está-se diante da verdade do mundo, iluminado de outro modo, com algumas pessoas interpretando esta vida de cada dia, apenas alegoricamente.

Alguma coisa deve existir em nós que se recusa a andar levitando entre as douradas estrelas: que ainda não se desprendeu totalmente da selva, da burla, do árido ensinamento do chão. Porque deste modo nos regozijamos com as presenças grotescas, e as formas inseguras, e o medo e o risco, a aventura talvez inábil do gesto incerto. Pode ser que não sejamos sempre desmesuradamente líricos: um prosaísmo pesado, espesso, talvez compense em banalidades rasteiras o ímpeto com que, outras vezes, nos atiramos a altas e inquietantes expedições...

Mas é tudo sobre patins, num abrir e fechar de olhos, sem que mais nada nos detenha, porque já partimos, seguimos, continuamos, estamos sendo levados, pela nossa vontade e pela fatalidade deste escorregar por uma superfície gelada.

Alguma coisa em nós deseja a solidão, a companhia da própria sombra, apenas, para assim nos emocionarmos com o dançarino isolado que se debruça para o seu reflexo, que em si mesmo se encontra, seus pés unidos perpendicularmente a seus pés, e assim vai, e volta, e não volta, fazendo o seu caminho no vazio, inventando um itinerário e uma direção.

Mas alguma coisa nos atrai para o convívio e o colóquio, pois assim nos alegramos com a multidão festiva que se reúne e desdobra numa infinita coreografia, toda cintilante e entusiástica, depois de tantas provas acrobáticas, de tantas evoluções e tantos e tão variados arabescos.

Sobre patins. Com essa rapidez que desejaríamos ter, que o nosso pensamento, o nosso coração desejam, e este nosso corpo fatigado não consegue possuir. Sobre patins. Num mundo sem esquinas, sem acidentes, com os espaços oferecendo-se à nossa passagem, e todos nós, cordiais e puros, realizando em sua plenitude o ideograma da nossa vida na clara página da existência. Sobre patins. Com a disciplina fluida de cada instante, de horizonte a horizonte, sem erro, temor nem desfalecimento!

Lamento pela cidade perdida

Minha querida cidade, que te aconteceu, que já não te reconheço? Procuro-te em todas as tuas extensões e não te encontro. Para ver-te, preciso alcançar os espelhos da memória. Da saudade. E então sinto que deixaste de ser, que estás perdida.

Ah! cidade querida, edificada entre água e montanha, com tuas matas ainda repletas de pássaros; com teus bairros cercados de jardins e pianos; com tuas casas sobrevoadas por pombos, eras o exemplo da beleza simples e gentil. De janela a janela, cumprimentavam-se os vizinhos; os vendedores, pelas ruas, passavam a cantar; as crianças eram felizes em seus quintais, entre as grandes árvores; tudo eram cortesias, pelas calçadas, pelos bondes, ao entrar uma porta, ao sentar a uma mesa.

Bons tempos, minha querida cidade, em que éramos pobres e amáveis! Sabíamos ser alegres, mas não tanto que ofendêssemos os tristes; e em nossa tristeza havia suavidade, porque éramos pacientes e compreensivos. Acreditávamos nos valores do espírito: e neles fundávamos a nossa grandeza e o nosso respeito. Mesmo quando não tínhamos muito, sabíamos partilhar o que tivéssemos com amor e delicadeza. Passávamos pelo povo mais hospitaleiro do mundo, mas esquecíamos a fama, para não nos envaidecermos com ela.

Ah! cidade querida, tinhas festas realmente festivas, com sinos e foguetes, procissões e préstitos, comidas e doces tradicionais. Continuávamos o passado, embora caminhando para o futuro. Tínhamos carinho pela nossa bagagem de lembranças, pela experiência dos nossos mortos, que desejávamos honrar. Prezávamos tanto os nossos avós como desejávamos que viessem a ser prezados os nossos filhos. Éramos elos de uma corrente que não queríamos, de modo algum, obscurecer. Éramos modestos e cordiais, sensíveis e discretos.

E eis que tudo isso, que era a tua virtude e o teu encanto, desapareceu de súbito, porque uma ambição de grandeza e riqueza toldou a tua beleza tranquila. Como resistiriam os pássaros e as flores aos teus agressivos muros de cimento armado? E os jovens, bruscamente desorientados? Ah! não se pensou nisso...

E assim, minha querida cidade, a juventude tem perdido a generosidade, a maturidade tem esquecido sua prudência, e a velhice sua sabedoria: todos aqui têm ficado menores, e meio pobres, à medida que aumentam a tua riqueza e a tua grandeza. E então eu me pergunto que grandeza, que riqueza são essas que fazem diminuir e empobrecer os teus habitantes. Que fundamento funesto existe nessa riqueza e nessa grandeza que, à sua sombra, os homens se tornam mesquinhos, perversos, ardilosos de pensamento e ferozes de coração.

Ah! cidade querida, bem sei que tudo isto foi feito por aqueles que não te amaram: os que não te entenderam nem protegeram. Mas, prisioneira agora de tantas emboscadas – poderemos ainda salvar-te? arrancar-te às falsidades em que te enredaram? restituir-te o antigo rosto, simples e natural, onde beleza e bondade se confundiam? Poderemos tornar a ver-te, cordial e afetuosa como foste, sem pecados e crimes em cada esquina – sem este peso de egoísmo e vaidade, de cobiça e de ódio que hoje toldam e enegrecem a tua verdadeira imagem?

Férias na Ilha do Nanja

Meus amigos estão fazendo as malas, arrumando as malas nos seus carros, olhando o céu para verem que tempo faz, pensando nas suas estradas - barreiras, pedras soltas, fissuras - sem falar em bandidos, milhões de bandidos entre as fissuras, as pedras soltas e as barreiras... Meus amigos partem para as suas férias, cansados de tanto trabalho; de tanta chuva e tanto sol; de tantas notícias ruins; de tantos colegas, chefes e subalternos incompetentes; de tanta luta com os motoristas da contramão; de tanta esperança, de tantas decepções; enfim, cansados, cansados de serem obrigados a viver, numa grande cidade, isto que já está sendo a negação da própria vida.

Pois meus amigos lá se vão, de camisa nova, muito cuidadosos e escanhoados, fazendo todos os sinais possíveis e adequados para não receberem nenhuma pancada que detenha o seu plano de viagem antes do primeiro cruzamento.

E eu vou para a Ilha do Nanja.

Termas? Pois as termas são ao ar livre, com emanações vulcânicas a subirem do chão por mil furinhos invisíveis, enquanto se ouve a grossa voz do fogo subterrâneo contar histórias do princípio do mundo. O ar está cheio de nuvens sulfurosas; e as crianças brincam de fazer comida nas pocinhas do chão, onde a água ferve.

Sossego? À beira das lagoas verdes e azuis, o silêncio cresce como um bosque. Pelos caminhos, passam carros de bois, carros de vime, como cestos enormes; o carreiro vai andando tranquilamente, como em sonho, ao lento ritmo dos animais: é um desenho clássico no bojo da tarde límpida.

Poesia? As moças cantam em seus teares, em suas casas de pedra; dançam e cantam nos terreiros e pátios, danças e cantigas de outras épocas, sem saberem que aquilo se chama folclore. Os homens tocam e cantam pelas ruas, em dias de festa; e em dias de festa as ruas são atapetadas de flores por onde passam procissões que cantam.

A Ilha do Nanja amanhece toda azul com sol claro e passarinhos no ar; de repente, tudo desaparece, uma névoa cinzenta envolve montes e praias; saltam gotas de chuva por todos os lados, como um súbito brinquedo de cristal. A névoa já não existe. Existem nuvens brancas cobrindo e descobrindo o sol. Então, vem o vento, desce das nuvens, passa pelas árvores, sobe para as nuvens, e nesses jogos se passa o dia inteiro: não há maior distração, na Ilha do Nanja, que contemplar as inconstâncias do céu.

Eu vou para a Ilha do Nanja para sair daqui. Passarei as férias lá. Nem preciso fechar os olhos: já estou vendo os pescadores com suas barcas de sardinhas, e a moça à janela a namorar um moço na outra janela de outra ilha!

A moça do Silogeu

Quando os senhores passarem ali pelo Passeio Público, não deixem de olhar – a certa distância – para o alto do Silogeu, e de dizer adeus à moça que ainda está sentada lá em cima, protegendo com a mão esquerda o globo terrestre, e levantando, na direita, uma pequena chama – que parece uma rosa.

Enquanto Teixeira de Freitas recolhe em sua toga o vento que vem das águas e Deodoro saúda o horizonte republicanamente, a moça do Silogeu espera que a retirem dali, que a derrubem, que a destruam! – e é por isso que os senhores lhe devem dizer adeus, com a possível ternura.

Sua casa era aquela, de uma cor violeta, que o sol às vezes tornava rósea, que a sombra às vezes tornava azul. Nessa mansão tornassolada, de arquitetura tranquila e maternal, reuniram-se academias, institutos, pessoas ilustres, dedicadas aos mais nobres estudos literários e científicos: que outro nome lhe podiam dar senão o de *Silogeu*?

E então, no alto, puseram aquela moça, com a mão esquerda sobre o mundo e a direita segurando um archote: uma pequena chama, que parece uma rosa.

A princípio, ela avistava apenas o mar, as montanhas, a copa das árvores. (Isso foi há cerca de meio século.) Depois, a praia foi mudando de aspecto, surgiram construções novas, estátuas, monumentos. E uma grande velocidade se desenvolveu pelas ruas em redor. A moça, porém, continuava, acima de todas as mudanças, a proteger a imagem do mundo com uma das mãos e a iluminá-lo com a outra.

Mas, como os senhores podem ver, a mansão tornassolada já não é mais violeta nem azul nem cor-de-rosa... É uma triste ruína cinzenta, toda escoriada, em frente ao jardinzinho de Dom Luís de Vasconcelos, que podia ser o mais belo recanto de sonho, no coração da cidade!

A moça do Silogeu, com sua atitude de rainha protetora das letras e das ciências, vai desaparecer qualquer dia, na derrubada iminente, sem carro de triunfo que a arrebate pelas nuvens, sem fitas desnastradas que espalhem pelos ares mensagens tão gentis como as das pirâmides do jardim vizinho: "Saudade do Rio!", "Amor do Público!".

Não, a moça do Silogeu vai desaparecer obscuramente, com seu mundo e sua chama - que parece uma rosa. E tudo será poeira, e ninguém pensará na alegoria que ali esteve presente, por tanto tempo, e na moça que, sem falar, dizia com o seu gesto: Coragem! Fé! Perseverança! e fazia crer num mundo iluminado pelas letras e pelas ciências.

Quando os senhores passarem por ali, digam adeus à moça! Digam-lhe adeus com a possível ternura. E guardem no fundo dos olhos e do coração a sua imagem. (A mão esquerda pousava no mundo e a direita levantava uma luz.) Digam adeus à moça do Silogeu! Pensem naquele mundo. Pensem naquela chama - tão discreta, que parecia apenas uma rosa.

Contrabando e magia

A alfândega mais sugestiva do mundo é essa cidade de Trás-os-Montes que se chama Alfândega-da-Fé, nome que pode inspirar ao viajante imaginativo aventuras sobrenaturais, com anjos e demônios a verificarem nas suas balanças, lindamente aferidas, a alma de cada um, como em auto de Gil Vicente. Já andei perto, mas nunca tive a sorte de passar por essa cidade: fica-me sempre no mapa e nas setas da sinalização - e no entanto ela é que certamente me consolaria dos desgostos que me têm causado (com duas ou três exceções) essas alfândegas realmente alfândegas, não só no nome, mas em função, que cada país coloca nos lugares que lhes parecem mais adequados e com as quais, além da finalidade a que se destinam, conseguem alcançar outra: a irritação do viajante honesto submetido a seus sádicos rigores.

Parece-me, às vezes, que esses senhores que ofendem as nossas malas e as nossas pessoas com a sua desconfiança - e alguns com seu sarcasmo - devem ser escolhidos em concursos de grande interesse público, assim como os concursos de beleza, graça, elegância, inteligência, que hoje consagram por toda parte donas e donzelas favorecidas pela natureza e pela educação. Mas, evidentemente, concursos às avessas. Deve haver um acordo internacional, nesse sentido, para eleger as caras mais selvagens, com mais sobrancelhas e narinas mais resfolegantes, e mãos mais bruscas, de unhas mais ameaçadoras. Nós, ignorantes, não o sabemos. Mas verificamo-lo à nossa custa.

Tenho encontrado alfândegas que me desarrumam as malas, à procura de quê? Pois de café, de açúcar, de cigarros, de arroz... Enfim, sente-se uma pessoa, sem mais nem menos, confundida com os senhores comerciantes, em geral muito honrados, desta praça ou de qualquer outra - o que não é (longe de nós!) nenhuma diminuição, quanto à atividade em si, malgrado alguns métodos e técnicas de tal atividade não se coadunarem propriamente com a vocação de qualquer viajante.

Estuda-se nos tratados a arte de arrumar as roupas em camadas, e depois de tudo muito bem disposto nos seus respectivos lugares, lugares exclusivos e intransferíveis, com seu catálogo e código, o Cérbero aparece, ávido de contrabandos, desloca toda aquela paciente obra-prima, à procura de qualquer dos itens referidos, e até de outros, que desconhecemos, mas que lhe podem ocorrer, em privilegiada inspiração. Se depois a mala não se ajusta, o fecho enguiça, não se pode dar volta à chave, se alguma coisa fica torta ou quebrada, com a pressa do exame, como se vai responsabilizar aquele malfeitor, brutal intérprete da lei?

Certa vez, indo dar (por inocência) um curso de folclore no estrangeiro, e como levasse alguns discos para ilustrá-lo, fui solicitada, entre muitos lápis, carimbos e olhares de raios X a traduzir para a língua local (traduzir mesmo, não explicar, apenas) palavras como "batuque", "cateretê", "jongo" etc... (Desta vez, achei absolutamente inútil dar qualquer curso sobre qualquer assunto em qualquer lugar.)

Mas, tempos depois, encontrei um Cérbero erudito e irônico. Não queria revolver todas as minhas malas, oh, não. Com um gesto circense, apontou apenas uma delas. Somente aquela! (E exultava!) Queria saber se eu levava... barras de ouro! Porque o Brasil, explicou-me, é o país das minas. Logo, silogisticamente... (Por onde vi que o Brasil está com duzentos anos de atraso nas informações aduaneiras. E pareceu-me necessário dar imediatamente, no estrangeiro, todos os cursos sobre os nossos assuntos.)

Houve outro que não me mexeu nas malas. Esse tinha mais confiança no seu faro. Fitou-me com olhos hipnóticos, e levantando na mão um objeto que parecia um simples lápis mas devia ser um radar, perguntou-me com voz hierática: "Não leva nenhum quadro célebre?". (Enfim, essa pergunta me agradou mais. Já não se tratava de feijão nem lombo. E o homem não me desarrumava a roupa. Pode ser até que estivesse brincando. As criaturas são tão misteriosas...)

Mas quando leio nos jornais que há contrabandos de bebidas, de aparelhos de rádio, de ar-condicionado, de... – que sei eu! – fico muito impressionada. Porque é difícil confundir uma camisa com uma caixa de metal, e esses objetos grandes – e grandiosos – não cabem nem se aguentam nessas pobres malas que com qualquer pequeno choque logo se recusam a funcionar. Bem sei que há malas de todas as grandezas. Mas quanto maiores mais se veem. A não ser que se trate de processo mágico de narcotizar o Cérbero, ou de tornar invisíveis as coisas, ou de desincorporá-las do lado de cá da alfândega e reincorporá-las do lado de lá - processo muito antigo e bem exposto em qualquer manual prático de feitiçaria. Talvez seja preciso estudar melhor a situação atual dos bruxos, organizar um congresso para debater o assunto, criar, talvez, um departamento especializado...

Sabiás românticos

Se eu disser que o mês de agosto chega no bico dos sabiás - quem me vai entender? Quem me vai entender, se eu disser que entre as névoas da manhã, sabiás invisíveis - nas mangueiras? nos ipês? - anunciam o céu azul e o dia mesmo? Ninguém sabe mais o nome das aves. As aves desapareceram com as muralhas de cimento armado, com os fios que cruzam os ares, com a fumaça e os ruídos da cidade hostil.

Os velhos cronistas que viram uma terra diferente, puderam anotar com minuciosas palavras: "... criam-se em árvores baixas, em ninhos, outros pássaros, a que o gentio chama sabiá-oca, que são todos aleonados, muito formosos, os quais cantam muito bem...". O ouvido do segundo cronista era mais apurado - e ele escrevia: "Outro pássaro se acha, chamado sabiá, da feição do melro de Espanha - e antes cuido que é o próprio, porque canta como eles, *sem lhe faltar mais que um dobrete...*". Um terceiro cronista opinava: "... sabiás que chamam 'das praias', por andarem sempre nas ribanceiras (onde só cantam), mais *que todos suaves*".

Não me lembro de ter ouvido esses cantos "mais que todos suaves" entre os versos do século XVIII. Nesse tempo, andavam os poetas ainda muito lembrados dos rouxinóis europeus, e a paisagem brasileira facilmente se confundia com os bosques da Arcádia.

Foi preciso que viessem os românticos, já num Brasil independente, para que, na culta Coimbra, uma voz recordasse os bosques e as várzeas da pátria distante, e escrevesse a "Canção do exílio":

> Minha terra tem palmeiras
> onde canta o sabiá...

Os jovens poetas que se seguiram, todos se lembraram do pássaro de voz suave:

É um país majestoso
Essa terra de Tupá,
Desd'o Amazonas ao Prata,
Do Rio Grande ao Pará!
- Tem serranias gigantes
E tem bosques verdejantes
Que repetem incessantes
Os cantos do sabiá!

O sabiá sugeria vozes de anjos mortos, de almas errantes, de gênios da tarde. ("São os sabiás que cantam/ Nas mangueiras do pomar...")

Chamavam-no "formoso", "sonoro", "poeta da solidão"... Chamaram-no mesmo "alado Anacreonte"...

Isso foi num tempo de mansões, varandas, laranjeiras, mangueiras, quando os poetas conversavam com donzelas líricas e muito frágeis, que lhes diziam: "Nunca mais eu virei, risonha e louca/ Roubar o ninho ao sabiá choroso"... (Falavam assim, as moças de então!)

Agora vem agosto, nas asas dos sabiás suaves. E eu penso nos velhos cronistas que os descreveram e nos poetas que prestaram atenção ao seu canto: um Gonçalves Dias, um Bernardo Guimarães, um Casimiro de Abreu, um Fagundes Varela, um Castro Alves... E é como se estivessem comigo, esses poetas, para ouvir, entre mangueiras e ipês, os "chorosos sabiás".

Meus "orientes"

O Oriente tem sido uma paixão constante na minha vida: não, porém, pelo seu chamado "exotismo" - que é atração e curiosidade de turistas - mas pela sua profundidade poética, que é uma outra maneira de ser da sabedoria. Como se cristalizou em mim esse sentimento de admiração emocionada por esses povos distantes, não é fácil de explicar em poucas linhas. Mas foi uma cristalização muito lenta, dos primeiros tempos da infância. E lembro-me nitidamente desses antigos encontros, que me deixavam tão pensativa e interessada, antes que eu pudesse adivinhar, sequer, a sua significação.

Minha Avó, que falava uma linguagem camoniana, costumava dizer, em certas oportunidades: "Cata, cata, que é viagem da Índia!". Eu ainda não sabia do sentido náutico do verbo "catar": mas parecia-me que, com aquele estribilho, tudo andava mais depressa, como para uma urgente partida.

Eu ainda nem sabia ler, e a babá Pedrina mostrava-me as figuras dos livros. Foi assim que conheci o touro alado dos assírios; e durante muito tempo aquele poderoso animal com face humana habitou a minha imaginação infantil, mais sugestivo e misterioso que os príncipes e princesas das histórias de fadas.

Havia também a cozinheira com a velha bandeja de charão para as compras do quitandeiro. Ela me explicava à sua moda aqueles pavilhões, aqueles barcos dourados, aquelas figurinhas já meio desfeitas pelo tempo... E no dia em que, diante dos cestos do quitandeiro eu a ouvi pronunciar a palavra "quingombô", que era como chamava ao quiabo, instalou-se na minha fantasia a ideia que aquilo devia ser chinês: que assim deviam falar as pessoas representadas na antiga bandeja de charão.

A babá Pedrina sabia muito do Oriente, de tanto fazer chá, cujas folhas vinham numa caixa maravilhosa da Índia ou da China. Ela tratava também de uns pobres restos de louças, sobreviventes a muitas catástrofes domésticas, e contava-me histórias que iam sendo ilustradas pelas pontes, pelos pagodes, pelas árvores azuis pintados nos pratos e nas xícaras. Mas as suas intuições orientais se concentravam numa canção que me parece andava na moda, por aquele tempo, e que começava assim: "Não és tu quem eu amo, não és!/ Nem Teresa, nem mesmo Ciprina,/ nem Mercedes, a loura, nem mesmo/ a travessa, gentil Valentina...". A cantiga continuava com a descrição da mulher amada: "Quem eu amo, te digo, está longe,/ lá nas terras do império chinês,/ num palácio de louça vermelha,/ sob um teto de azul japonês".

Essa mistura da China com o Japão acrescentava indizível mistério à lânguida canção. Mas a mim o que verdadeiramente me encantava era poder-se habitar um "palácio de louça vermelha", moradia que se me afigurava extremamente aprazível, pela beleza da cor, pela frescura e sonoridade da louça. Eu também gostaria de morar numa habitação dessas. E foi por isso que tentei entrar num jarrão, semelhante, no meu sonho, ao palácio da cantiga, e foi por isso que, para salvar o jarrão da sua pequena inquilina, o puseram num lugar tão acautelado, tão inacessível, tão escondido, que um cabide caiu por cima dele e o desbeiçou.

Esses foram os meus "orientes" mais remotos, enfeitados por algumas sedas estampadas com a palma indiana - motivo que perdura nos mais modernos tecidos - e por uma infinidade de móveis de junco, de aparelhos de chá, de bibelôs que se acumulavam nas casas das pessoas amigas, e que iam de suntuosas esculturas em marfim a pequenos objetos de papel colorido. As senhoras usavam quimonos, as mocinhas se abanavam com ventarolas de seda, leques de marfim rendado, comia-se tanto arroz, tantas "fatias chinesas", falava-se de tanto cetim de Macau e de outras fazendas orientais que era como se as naus dos bisavós continuassem a trafegar por esses mares, e delas recebêssemos diretamente a canela e o cravo dos nossos doces de cada dia.

Uma velhota, que chamavam de "turca", ia pedir à minha Avó folhas de videira para fazer sua comida; e o mascate que vendia de porta em porta alfinetes e pentes, rendas de linho e fitas, sabonetes e cosméticos, conversava, na sua língua atravessada, sobre coisas de sua terra, a mais bela terra do mundo...

Havia as noites de febre. E então minha Avó começava a contar-me a história da princesinha que tinha uma estrela de ouro na testa. A história nunca foi além do título, já por si tão lindo que começava por me fazer sonhar, e logo me fazia dormir. E no dia em que me encontrei, na Índia, com tantas moças maravilhosas, tendo na testa aquele sinal que foi indicação de casta e hoje é simples adorno, sinal que pode ser de tinta vermelha ou de diamante, percebi que eram aquelas as minhas antigas princesinhas, que eu ia encontrar tão longe, quando o Oriente se abriu, claro e amorável, sobre os meus remotos "orientes".

Os anjos de papel cuchê

Quando os olhos se abrem sobre estas mansas meninas dos hospitais, tem-se vontade de exclamar: "Oh! os anjos de papel cuchê!..." - vendo-as tão alvas e reluzentes, tão aladas e fora dos assuntos terrenos. Mas não seria prudente uma exclamação assim: pois quanto a anjos elas estão muito bem informadas, conhecem-nos pelos seus nomes, certamente passeiam com eles de braço dado; mas papel cuchê é coisa de que jamais ouviram falar, e poderiam achar depreciativa tal citação. Não devemos, de forma alguma, deixar pairar a sombra da mais leve suspeita de ofensa sobre as mansas meninas dos hospitais. Pois, na verdade, elas não são apenas encantadoras, mas mesmo sobrenaturais: sem rumor de passos, vão e vêm, atravessam as paredes, suspendem no ar, graciosamente, baldes e vassouras, bandejas e lençóis como se tudo fossem ramos de flores.

A essas meninas nada se deve perguntar: nem como se chamam, nem que horas são, nem se chove ou faz bom tempo, porque elas não existem para responder a tais coisas. Sua existência transcorre em outros planos: seus espanadores e vassouras limpam as estrelas, as nuvens, asas de pássaros que nós não avistamos. Não se pode dizer que transportem nada nas mãos: tudo é muito improvável, em relação a essas reluzentes meninas. Elas andam assim soltas como plumas, simbolicamente: não para fazerem coisas concretas e objetivas, mas para recordarem aos olhos vagos dos doentes que há um mundo material onde essas coisas têm seu peso e seu valor, pois a tendência dos doentes é irem ficando muito mais irreais do que elas, e aproveitarem o descanso dos lentos dias para serem puro sonho, por mapas sobrenaturais. Esses anjos de papel cuchê esvoaçam como folhas brancas e nelas podemos ir mentalmente escrevendo recordações, imagens amadas, pensamentos que a solidão sugere, versos que algum dia lemos, desenhos remotos de cenas que poderiam ter um dia existido. Mas as meninas jamais desconfiariam dessas imaginações que as podem cercar e enlaçar tão sutilmente, acrescentando outros símbolos aos seus símbolos.

Flutuam anônimas, dissolvem-se, evaporam-se, voam das varandas, alongam nas mãos misteriosas remédios que oferecem sem rumor, como flores gotejando orvalhos.

Às vezes, dir-se-ia que sorriem, mas deve ser engano da nossa parte: elas não têm razão nenhuma para sorrir, elas estão alheias ao sofrimento e à felicidade, pairam sobre essas ilusões humanas, equilibradas nessa equidistante indiferença com que circulam as distantes maravilhas do universo.

Poder-se-ia pensar que, por vezes, nos amassem, que se comovessem com a nossa docilidade e a nossa obediência, tão entregues que ficamos à sua contemplação, tão confiantes no poder musical do seu giro todo branco, pelas paredes azuis, pelos ares luminosos, pelas noites imóveis. Mas, certamente, é puro engano da nossa parte, também. O mundo do amor é do outro lado destes muros: lá onde as criaturas inventaram dependências, coerências, consequências. E aqui tudo é livre, de uma total fluidez, sem princípio nem fim, sem sobressaltos passados ou futuros, tudo está fora dessas leis da gravidade que apegam o homem ao mundo e aos seus inúmeros elementos.

Assim, os anjos de papel cuchê, em cujas brilhantes asas vamos imprimindo tantas lembranças e sentimentos, não conservam nada disso permanentemente em sua lustrosa brancura.

Todas essas coisas que nós supomos grandiosas caem como um tênue pólen, dispersam-se pelas solidões que reinam entre o que somos e o que não somos, perdem-se no silêncio que fecha em suas abóbadas eternas a efêmera paisagem das noites e dos dias.

Os anjos de papel cuchê deslizam com suas bandejas, seus espanadores, seus medicamentos como as estrelas no seu curso: próximos, distantes, sem saberem quem somos e sem que saibamos quem sejam...

Jantar à luz de vela

A luz das velas é cheia de delicadezas. O adamascado das toalhas transfigura-se em brocado precioso; qualquer pequeno desenho dos talheres ou dos cristais adquire primores novos: a mesa resplandece, concentrada no halo dessa claridade ao mesmo tempo intensa e discreta, simples e sobrenatural.

É então que se pode verdadeiramente ver o que há de veludo nas rosas, e de semeaduras e searas na crosta dourada do pão. Caminhos brancos de seda e quartzo se abrem nos peixes, desfolhados como malmequeres. Festas muito antigas estacionam espelhadas nos claros vinhos.

As mãos passam a ter outro sentido, com suas cores e suas linhas, à luz das velas, muito macia, porém maravilhosamente exata. As unhas róseas desmaiam, com suas meias-luas alvas, e os gestos e as suas sombras têm outra eloquência, imperceptível ao clarão das grandes lâmpadas. Qualquer pequena joia desabrocha sua riqueza oculta: o ouro é muito mais límpido e os sons da prata parecem não apenas audíveis, mas visíveis.

E os rostos deixam de ser umas máscaras: seus contornos autênticos apresentam modelações de cera e transparências de alabastro. A luz das velas insinua-se com muita suavidade pelo desenho dos lábios, pela curva das narinas, passa pelas pestanas, fio a fio, para, enfim, descansar nos olhos, pequenos mares convexos, líquidos e móveis como se fossem mesmo um aglomerado de lágrimas. E avista-se o horizonte das almas.

Louras, negras, prateadas, esfumam-se as cabeças, fora do halo das velas. Palavras e sorrisos vêm de jardins submarinos, com arbustos de coral, som de água, lembranças de pérolas. As paredes estão muito longe, no fim do mundo.

A pequena chama ondulante mostra o que raramente se vê: as voltas que dão os fios, na invenção das rendas; a textura das sedas e dos linhos; a irisação do nácar dos botões. Nas uvas translúcidas, descobrem-se tênues fibras, em torno das sementes baças, como nublosas pupilas.

A luz da vela vai descendo verticalmente, imperceptivelmente: silenciosa e morna. Parece uma pequenina pluma, azul, negra e dourada. E na noite redonda de cada xícara de café, reflete-se como lua minúscula, incerta, oscilante, fragmentada. Até que dessa luz e de sua límpida coluna reste apenas um pouco de pavio; um pedacinho de carvão caído na cera quente, como um inseto afogado.

Fantasmas

No tempo da babá Pedrina, havia tantos fantasmas que até as crianças, mesmo sem os verem, sabiam como eram e por onde andavam. Andavam pelos porões, pelos corredores, pelos sótãos, atravessavam certos quintais, paravam pelas encruzilhadas. Havia fantasmas de escravos e de seus antigos donos em tal abundância que se faziam mais dignos de louvores os velhos abolicionistas: que enorme quantidade de fantasmas produzira a escravidão!

Mas, terminado o cativeiro, não terminaram os fantasmas - talvez menos sofredores, menos desesperados, menos vingativos, agora: monarquistas, republicanos, conselheiros, oradores misturados a toda casta de ofícios e de todos os níveis sociais. Há quem negue os fantasmas: mas entre a negação e a inexistência de coisas, fenômenos ou fatos há uma distância considerável. E talvez o número dos que os negam seja inferior ao dos que os afirmam.

Outro dia, li nos jornais que uns fantasmas, em São Paulo, mudavam de lugar os objetos de uma casa, traziam a cafeteira do fogão para a mesa, espalhavam os mantimentos da despensa, enfim, desarrumavam quanto encontravam e parece que tudo isso foi testemunhado por jornalistas, que costumam ser espíritos fortes, de tanto lidarem com os mais estranhos acontecimentos, todos os dias.

Este meu bairro das Laranjeiras parece ter sido outrora muito povoado de fantasmas, especialmente a Ladeira do Ascurra, segundo nos informa o caro Vieira Fazenda, que tanto se interessou por esta nossa querida cidade.

Há pouco tempo, soube que os sentinelas do Monumento aos Pracinhas, em lugar tão moderno e arejado, tinham ouvido vozes estranhas, em redor de si: mas procurou-se explicar que seria o vento batendo ali, e tudo foi vento e nada mais, como no poema de Edgar Poe.

Na Inglaterra, os fantasmas não causam tanta estranheza: creio que existem por toda parte, e são extremamente intelectualizados. Não existe um que escreve peças teatrais, e se acha tão identificado com a senhora que o recebe que esta, com exemplar comportamento, se separou de seu marido por se sentir mais casada com o seu fantasma?

Não há, na Inglaterra, casas onde se pode ouvir boa música, sem haver dentro delas instrumento de espécie alguma? Dizem-me que os fantasmas ingleses até se deixam fotografar!

Não falo destas coisas por brincadeira: ao contrário, elas me inspiram curiosidade e respeito. Se nós não sabemos nem o que se passa em nossa própria casa, do outro lado de qualquer parede, como podemos saber o que se passa nos misteriosos lugares onde os fantasmas vivem? A nossa "vã filosofia", como disse Shakespeare, não alcança muitas coisas deste mundo. E o mundo dos fantasmas é mais além. Os homens habituaram-se a falar de tudo superficialmente; e o torvelinho da vida de hoje quase não permite a ninguém deter-se para pensar. E adquirimos o hábito de sorrir com frivolidade para o que desconhecemos.

No entanto, as velhas Escrituras estão cheias de exemplos que nos deixam perplexos. A tecnologia descartou a contemplação, a intuição, o desejo sério de penetrar os profundos mistérios do mundo e da vida. O supérfluo tornou-se tão imprescindível que se perdeu de vista o verdadeiramente essencial.

Caligrafia poética e risonha

Todos os dias nos servimos do alfabeto sem prestarmos atenção à forma de cada letra, sem nos recordarmos, portanto, de sua origem, quando cada traço não estava apenas em função de um determinado som, como hoje acontece, mas representava ainda, bem vívida, uma determinada imagem. Bem próximo do nosso está o alfabeto hebraico, para servir de exemplo, com o nome de cada letra significando algum objeto ou parte do corpo. (Isto sem falar na própria história da invenção das letras, quando Deus as apreciou segundo as palavras boas ou más que indicavam, como iniciais.)

Na verdade, escrevemos muito depressa para nos atermos a esses antecedentes, e já ninguém aprende a ler de letra em letra, de modo que a rapidez do método inutiliza, como sempre acontece, a profundidade do estudo.

Eu também me encontro na ingrata situação dos que não dispõem de muito tempo. Jamais poderei ficar diante de um tinteiro para, com destro pincel, ir debuxando caracteres sino-japoneses de um só traço, sequer, quanto mais de cinco, de dez, de vinte... Ai de nós! a vida humana não permite tanto. É preciso saber renunciar às ambições, mesmo as mais nobres.

Mas, se não pode a minha mão delinear esses caracteres que aparentemente se julgaria serem obra de estonteante imaginação, podem os meus olhos, orientados por um bom guia, descobrir nessas estilizações o antigo desenho realista destinado a exprimir o que, no tempo próprio, se desejou comunicar. Essa tentativa humana de comunicação (ai, neste mundo impenetrável!) é sempre comovente. Mas os meios de realizá-la, a busca e o valor emprestado a cada elemento mostram-nos a simpatia, a boa vontade e, constantemente, o sentido poético dos velhos mestres calígrafos. Muitas dessas concepções pertencem, realmente, ao domínio da expressão universal, o que não deixa de ser uma demonstração da identidade humana, a despeito do espaço e do tempo. Que o desenho da *mão* sobre o *coração* signifique "sem falta", "certamente"; que o símbolo do *centro* aliado ao do *coração* exprima "lealdade", parece-nos natural e familiar, e tão oriental como ocidental, pois estamos acostumados a associações idênticas, e fazemos do coração nossa testemunha, e os nossos sentimentos profundos (como o da lealdade) residem no fundo (ou centro) do nosso coração.

Que a imagem de uma árvore cercada por uma moldura signifique "sofrer" lembra-nos as velhas relações do homem com a natureza e a sua sensibilidade diante de uma árvore impedida de crescer.

Outros caracteres dão uma ideia da honrosa opinião que os velhos calígrafos tinham a respeito da humanidade. Assim, o símbolo de *homem* unido ao de *palavra* exprimindo "confiar" mostra que a "palavra de homem" era, naqueles tempos, coisa verdadeiramente digna de crédito. E o símbolo de *homem* unido a traços *numerais* indicando "bondade", "simpatia", é uma afirmação da fé no convívio humano, da possibilidade de se ser melhor (ou de poder mostrá-lo) em sociedade que na solidão.

Alguns caracteres nos fazem refletir sobre a diferença dos tempos: poderemos, nos dias de hoje, aceitar sem vacilação que o símbolo de um velho associado ao de um moço possa exprimir "mudar", "transformar", pela ação dos conhecimentos e experiências que o primeiro possa exercer sobre o segundo?

Mas o belo símbolo das mãos estendidas para significar "amigo", mas o portão fechado sobre o coração para dizer "agonizar", mas a *mulher* e a *criança* exprimindo "gostar" são caracteres que comovem por sua delicadeza poética.

Mas os velhos calígrafos tinham também fino sentido realista: na representação de "pai" vê-se a mão que segura um cacete; para exprimir "barulho de vozes", parecia-lhes bastante desenhar três mulheres; e o símbolo da *mulher* aliado ao de *mal, doença,* significava, para eles, claramente, "ter ciúmes". (E nós hoje sorrimos desses velhos calígrafos, que com certeza sorriam também, ao inventarem esses caracteres...)

"Oi, da prata e do ouro..."

O que sabemos dos Reis Magos, pelo Evangelho, é o que nos conta São Mateus: "Tendo, pois, nascido Jesus em Belém de Judá, em tempo do Rei Herodes, eis que vieram do Oriente uns magos a Jerusalém, dizendo: 'Onde está o rei dos judeus que é nascido? - porque nós vimos no Oriente a sua estrela e viemos adorá-lo'." Muito perturbado, Herodes teria pedido aos magos, não sem malícia, que, se acaso encontrassem o menino profetizado, o viessem avisar, para ele o adorar também. Os magos, no entanto, encontraram-no, fizeram-lhe suas oferendas de ouro, incenso e mirra, "e havida resposta em sonho que não tornassem a Herodes, voltaram por outro caminho para a sua terra".

Mais tarde, as festas da Epifania celebrariam o Natal, a Adoração dos Magos e outros fatos relacionados com os primórdios do cristianismo, e, no domínio popular, reminiscências várias se iriam aproximando, reunindo danças, cantigas, cortejos, banquetes, formando, sob diversos nomes, outros folguedos.

Já não se ouvem, pelas grandes cidades, aquelas vozes de pastorinhas visitadoras de presépios:

> Ó de casa, nobre gente,
> escutai e ouvireis
> que das bandas do Oriente
> são chegados os três Reis.

Mas nas cidades pequenas, por esse vasto Brasil, continua a tradição, mais ou menos conservada, das antigas cheganças, do bumba meu boi, dos "ternos" de Reis, com seus tiradores de versos e seus músicos, cantando, tocando, dançando, pedindo dinheiro e donativos para as alegrias da data.

Como o folclore é um fato vivo, a imaginação popular enriquece a tradição com suas invenções novas. Uma ressonância muito remota de festivais agrícolas faz as pastorinhas cantarem como em sonho:

Nosso trigo está maduro,
Vamos para o campo ceifar...

Há quadras de vivo sentido jornalístico, que registram os fatos com adorável precisão:

Os três Reis quando souberam
que era nascido o Messias,
montaram em seus cavalos
todos cheios de alegria.

E assim vão os festeiros pedindo vinho e doces, misturando versos antigos e modernos, paganismo e cristianismo, coisas ainda de Portugal, coisas já do Brasil, pobreza e alegria, ignorância e perspicácia.

Para explicar essa mistura do Evangelho com o peditório e o rancho de Reis, uns festeiros de Guaxupé contaram a uma aluna do Centro de Pesquisas de São Paulo "que os Reis, nessa caminhada pelo deserto, fizeram-se acompanhar de guardas e dois palhaços que cantavam e dançavam a troco de dinheiro". Assim é a ingenuidade do povo.

Muito mais engenhosa, porém, é a história de Reis narrada pelo mestre violeiro Caetano Avelino da Silveira, de São Paulo, ao folclorista João Batista Conti:

> Diziam os antigos, e é por conta deles, porque eu não vi, que quando nasceu o Menino Jesuis, na Terra Santa, havia treis reis: um branco, um preto e um caboclo. Os reis branco, querendo lográ o preto, disseram: "preciso dá uma volta muito grande" e ensinaram um caminho errado pro preto ficá logrado. E assim forum os treis vê o Senhor Menino. Mais o preto pegô o caminho errado. Quando os branco chegaram na cocheira, onde tava o Menino Jesuis, derum cum o preto já na frente do Menino, que entonces o Senhor Menino pegô uma coroa, pois na cabeça do rei preto e disse: "vassumecê é o reis dos Congo". Foi então que o preto foi chamá uma porção de negros e vieram dançá na frente do Menino. Daí em diante ficô a Congada.

Além de ser um pequeno espelho das trapaças deste mundo e da esperança na justiça divina, a pequena história, com a sua versão nova do tradicional episódio, oferece-nos também uma curiosa sugestão sobre a origem de outra festa da época: a dos Congos.

É uma alegria, afinal, pensar que tudo isso ainda existe no mundo: que o homem ainda é feito de recordações, infância, imaginação, sensibilidade, sonho. Que não somos ainda autômatos. (Por quanto tempo?) E que em algum ponto do Brasil vozes alegres estarão cantando a esta hora:

> Oi! da prata e do ouro
> se faz o metal!
> Oi! a vésp'ra de Reis
> é pra nós festejar!

Descobrimento do Anjo da Guarda

A moça disse-me que estava longe da família, na grande cidade onde chegara para trabalhar e estudar. A imponência dos edifícios, a pressa da multidão, o tumulto das ruas, a agitação das noites, tudo a atordoava: e mal tinha tempo para fazer amizades.

Antes, sua paisagem era uma praça, uma igreja, um pequeno rio, ladeiras tranquilas, jardins antigos, casas agradáveis onde, aqui e ali, alguém praticava exercícios de piano. As pessoas visitavam-se, contavam suas histórias familiares, aconselhavam-se. Havia pequenas festas, um pouco de dança, a música da filarmônica local, um grupo de teatro.

As moças sabiam muitas coisas, eram muito dotadas: bordavam, cosiam, confeitavam bolos, faziam flores. Ultimamente aprendiam até a executar objetos domésticos de matéria plástica. (Disso ela não gostava muito.)

Seus estudos chegaram a um ponto que despertaram a atenção dos professores. (Estudava música.) Todos acharam que era uma pena ficar ali, ajudando a cantar na igreja, ensinando solfejo às crianças: devia ir para um centro maior, receber outros estímulos, dedicar-se completamente à sua vocação. E ela foi.

Mas a grande cidade era assim, com tanta gente, ninguém prestava atenção a nada, havia música por toda parte, nos edifícios, pelas ruas, nas casas comerciais, nos mercados, nos restaurantes, e ela mesma já nem sentia a sua música, já não se ouvia, não se achava necessária.

O ambiente era desatento. Tudo entrava por um ouvido e saía pelo outro. E o que acontecia com a profissão acontecia também com a vida: prometiam coisas que não cumpriam, marcavam encontros que não se efetivavam, as colegas pareciam-lhe muito sofisticadas, e depois de ter observado um pouco, com a sua bem organizada cabeça disciplinada por bemóis e sustenidos, chegara à conclusão de que (pelo menos por enquanto) não valia a pena namorar.

A moça, então, sentiu-se muito sozinha, desencorajada - e ali, com seus papéis de solfa na mão, parecia mesmo a própria musa Euterpe, exausta de modernidade e saudosa do Olimpo.

O que mais a assombrava era a ausência de apoio social: as moças de sua idade falavam de penteados; os professores, de taxas, reivindicações, abonos, e os rapazes discorriam sobre esporte - ou eram grandes mestres em toda categoria de arte, ou grandes condutores da humanidade, oradores e grevistas. Meio gângsteres, meio líderes, desesperados de ambição.

Foi assim que, uma tarde, a moça pensou no Anjo da Guarda. Deus era grande demais, para atingi-lo: não tinha coragem. Chamou baixinho o Anjo da Guarda, para experimentar. Ao contrário, porém, do que ela esperava, o Anjo da Guarda respondeu. Passou a conversar com ele todos os dias. Todos os ruídos em redor se dissolveram: os barulhos do mundo e as conversas frívolas. Sozinha, ela fala com o seu Anjo da Guarda que, solícito, responde às suas dúvidas e resolve os seus problemas.

Voltada para esse paraíso interior, disse-me que é outra pessoa: tudo lhe parece claro, certo, com outro sentido. Seu mundo de música é o mesmo do Anjo da Guarda. E acha admirável que esse mundo possa existir dentro do outro, veloz e ruidoso, sem ser atingido em sua harmonia, livre de qualquer vulgaridade e aflição.

Junho antigo

Naquele tempo existia a babá Pedrina. (Digo *babá*, como agora se usa, mas naquele tempo se dizia *pajem* ou *ama-seca.)* A babá Pedrina era uma jovem mulatinha, extremamente gentil, que conhecia um mundo de coisas: sabia as ladainhas e cânticos religiosos de sua terra, as músicas dos coretos, histórias de bichos, lobisomem, mula sem cabeça, fantasmas, e de príncipes e princesas que, depois de muitas vicissitudes, acabavam felizes, com casamentos muito festivos, sob uma linda chuva de arroz. (Ela não dizia príncipe, mas *princês*: o que sempre me pareceu palavra muito elegante, e de sua particular invenção.)

Ora, Pedrina, como se vê pelo nome, nascera no mês de junho, e pertencia ao calendário das festas de Santo Antônio, São João e São Pedro. Era especialmente versada em toda classe de adivinhações e "sortes" e por muito tempo me perguntou qual era a diferença entre médico e água, sem que eu pudesse resolver problema tão sério para a minha idade. A diferença - revelou-me um dia, confidencialmente, como quem transmite um conhecimento secreto - é que "a água mata a secura e o médico, se cura, não mata". Esse jogo de palavras me pareceu tão engenhoso que me apliquei a inventar trocadilhos, sem chegar, naturalmente, a resultados perfeitos.

Em matéria de parlendas, Pedrina era muito competente: interpretava o barulho dos trens, as vozes dos sinos, dos galos, dos sapos; sabia a linguagem das flores, muito usada pelas donas e donzelas da época; tinha o seu repertório de canções de berço, de roda, de brinquedos infantis; tocava música em papel fino esticado num pente, e ensinou-me que as meninas bem-educadas deviam saber fazer reverências e dizer *merci* e *pas de quoi.*

O mês de junho era, naquele tempo, muito mais do que hoje, um período mágico. Todas as crianças sonhavam com barraquinhas de fogos, ou para comprá-los ou para vendê-los. E havia já naquele tempo indícios de corrupção até nesses pequenos negociantes, que cometiam suas fraudes e não aceitavam reclamações. Os meninos gostavam de coisas ruidosas como "bichas chinesas", bombas, ou coisas um pouco humorísticas, como os busca-pés, que faziam as pessoas correr, assustadas. Mas as meninas queriam estrelinhas, fósforos coloridos, foguetes de lágrimas e não compreendiam que São João não acordasse com tanto ruído. Mas era assim, conforme Pedrina e outras autoridades: São João queria descer à Terra, no seu dia, para folgar: mas acordava sempre antes ou depois da data. Parece que isso era bom, pois, se acontecesse acertar, creio que o mundo acabava.

Assim, com fogos e fogueiras, aipim e batata-doce a assar nas brasas, cantigas a Santo Antônio e a São João, o mês ia passando, com o céu coberto de estrelas e balões, e as donas e donzelas dedicadas a interpretar o futuro, inclinadas como pitonisas sobre copos, pratos cheios d'água, facas manchadas pela seiva das bananeiras...

As crianças bem-educadas (aquelas que até sabiam dizer *merci* e *pas de quoi*) podiam ficar pelas imediações, muito quietinhas, observando aquele ritual mágico. Dentro dos copos, o ovo quebrado na água formava cortinados, velas de navios, altares... Olhos ansiosos espreitavam ali casamentos, viagens, mortes, e aceitavam os prognósticos assim desenhados. As agulhas nadavam no prato d'água, iam, vinham, aproximavam-se, afastavam-se, desencontravam-se, mas às vezes aderiam uma à outra, e as donas e donzelas suspiravam aliviadas: parece que se tratava de novos encontros, voltas, fim das separações...

Pedrina passava sonhadoramente ao longo desses mistérios. Sob a sua doçura e gentileza morava, decerto, uma espécie de saudosa melancolia. Acreditava no que a seiva da bananeira escrevia na lâmina da faca, se a cravavam na planta à meia-noite em ponto, e a traziam de volta sem olhar para trás. Também acreditava que não chegaria ao ano seguinte quem não divisasse o próprio rosto na água de uma bacia ao relento, àquela hora da noite. Mas nunca nos disse por que acreditava nisso. Falava mais séria, com uma sombra nos olhos que de repente se tornavam estrábicos. Mas os balões subiam, as lágrimas dos foguetes cascateavam pela noite, as "rodinhas" giravam sob as árvores do quintal, as crianças cantavam, as trepadeiras abriam flores perfumosas, São João continuava a dormir, e São Pedro tinha nas mãos a chave com que certamente abriu as portas do céu para Pedrina.

O que se diz e o que se entende

Há tempos, descobri numa vitrine um objeto azul que me interessava. Entrei na loja, dirigi-me ao balconista com a maior cortesia, pedi-lhe aquele objeto azul. Antes de me atender, o moço observou com a maior seriedade: "A senhora quer dizer... *verde*?". Como não houvesse no lugar indicado nenhum objeto verde nem mesmo vermelho, que explicasse um possível daltonismo, fiquei um pouco surpreendida, mas insisti: "Não, eu quero dizer... *azul*". O moço teve essa expressão resignada de quem tem de aturar por obrigação a impertinência dos fregueses, mas foi buscar o objeto indicado. Enquanto se dedicava à delicada operação, tive um momento de dúvida - talvez eu me tivesse enganado. Um objeto de cristal, descoberto numa vitrine, pode sofrer uma inconstância no colorido, o verde pode parecer azul... E, na verdade, o moço devia conhecer melhor do que eu os objetos que se encontravam ali em exposição. Mas, ao voltar, com um vago olhar triunfante de quem acaba de ganhar uma pequena batalha, ao colocar no balcão o que ele acreditava ser um objeto verde, verifiquei que o triunfo era meu. E enquanto acertávamos as contas, pensei: fazem falta as mães que ensinavam as cores aos filhos; fazem falta os jardins de infância; por onde anda o disco de Newton? e será que os arranha-céus já não deixam mais ninguém conhecer o arco-íris?

De outra vez, entro numa loja de brinquedos, e com o maior respeito e veneração dirijo-me à vendedora, que era a própria Cleópatra, com olhos distendidos até as orelhas, e peruca negra a imobilizar-lhe o pescoço: "Eu desejava um caleidoscópio...". Cleópatra mirou-me com um desdém milenar, e como um generoso favor, e por atenção aos seus deuses, balbuciou: "Não temos". Como não tinham? Pois se eu da rua avistara uma prateleira toda de caleidoscópio! Então, com o mais humilde gesto, ousei apontar para a referida prateleira. Cleópatra, com visível contrariedade, corrigiu minha ignorância: "A senhora quer dizer... *tubo*?". Mas eu, sabendo bem a distância que vai da minha pessoa à sedutora rainha, insisti, por amor à verdade, e à etimologia: "Não, eu quero dizer... *caleidoscópio*". Certamente, Cleópatra já não se lembrava mais dos gregos, e, com um desdém muito maior que o anterior, dignou-se vender-me um caleidoscópio, na verdade tão sem graça que bem merecia ser tratado como desprezível tubo.

Mas outro dia precisei de papel impermeável, dirigi-me a uma seção de papelaria, falei com um jovem esportivo, limpo, atualizado, realizado, e pedi-lhe o que queria, certa de que seria rapidamente atendida. Ele porém, com o seu belo sorriso profissional, também me respondeu: "A senhora quer dizer *papel metálico*?". "Não, eu quero dizer *papel impermeável*, mesmo." Ele fechou o seu claro sorriso, como quem recebe uma notícia triste, e murmurou-me inconsolável: "Não temos". Mas como não tinha? Pois estava ali mesmo, muito bem enroladinho! E o moço ficou tão admirado como se ele fosse o comprador e eu o dono do negócio.

Mas o que me assombra não é que as pessoas ignorem o que vendem: o meu assombro é pensarem que eu sempre quero dizer outra coisa. Não! eu sempre quero dizer o que digo.

Luzes da terra e do céu

Coincidiu este ano com a data de Santa Luzia - a de luminoso nome - o 25 de Kislev do calendário judaico, que marca o início da festa do Hanucá. Embora se possa atribuir a esse festival das luzes alguma longínqua raiz entre as remotas celebrações do solstício de inverno, também é certo que sua instituição vem claramente assinalada no Livro dos Macabeus. Derrotado o invasor que havia saqueado, e profanado o Templo, Judas restaura, com os seus, o Lugar Santo, purificando-o e preparando-o para o serviço religioso, que se inaugura, afinal, entre cânticos e música de cítaras, címbalos e harpas, no vigésimo quinto dia do nono mês do ano de 164 antes de Cristo. Duram oito dias essas festas de inauguração, e estabelece-se que todos os anos, na mesma época, oito dias de festa recordem para sempre a famosa vitória.

Diz-se que no Templo invadido o candelabro derrubado conservara acesa apenas uma última e vacilante luz. Os judeus partiram em busca de óleo para lhe acenderem todos os braços. Assim, na festa do Hanucá, durante oito dias, vão sendo acesas sucessivamente oito luzes, por uma lâmpada auxiliar que tem o nome de Shamosh, ou "servidor".

A festa caracteriza-se ainda pela distribuição de presentes às crianças, o costume de se servir certa iguaria, semelhante a uma pequena panqueca, a *levivá*, e a utilização de uma pitorra ou pião, o *sevivon*, com que as crianças tiram à sorte confeitos e chocolates que se encontram na mesa da festa.

As luzes do candelabro do Hanucá fazem-nos logo pensar na árvore do Natal, com seus brilhantes adornos. Os presentes dedicados exclusivamente ou principalmente às crianças aproximam ainda mais as duas festas. A utilização do *sevivon* é mais um curioso pormenor para os estudiosos de fatos tradicionais. Pois, embora no Brasil se vá perdendo rapidamente a memória desse pião do Natal, o folclore português assinala sempre a sua presença no jogo do "rapa" com que os rapazes se entretêm, tirando à sorte nozes, avelãs, confeitos ou pinhões, nas festas de 25 de dezembro. Esse pião de quatro faces tem em cada uma a inicial de quatro palavras: *rapa, tira, deixa* e *põe*, e conforme a letra que fique voltada para cima, o jogador *rapa* o que foi apostado, ou *tira* apenas uma parte, ou *deixa* tudo na mesa, ou ainda *põe* alguma coisa mais.

No caso do *sevivon* também há quatro letras assinaladas nas quatro faces: as iniciais da frase hebraica: "Aconteceu aqui um grande milagre".

A presença, em ambas as festas, desse pequeno pião que gira misterioso entre as luzes acesas do Antigo e do Novo Testamento, na mesma época do ano, é uma sedução para os que se lembram de antiquíssimos ritos solares associados a rotações, círculos de fogo, circulação da vida em luz, entre o céu e a terra: de um polo a outro, nascimento do mundo e nascimento do espírito – luminoso enigma.

Antiguidades

O dono da loja está sentado, sonolento, num cadeirão de couro lavrado. Pode ser que me engane: mas tenho a impressão de que não entende nada dos objetos que o cercam. Parece mesmo que lhe inspiram mais do que profunda indiferença, um vasto desamor.

Em redor dele há oratórios vazios, saudosos de santos. (Ele nem sabe disso.) Há quadros com moças mitológicas, envoltas em véus, a dançarem entre nuvens e espumas. (Não olha para elas.) Há estatuetas de bronze que representam a Justiça, a Vitória, a Juventude, Diana e Cupido, Napoleão e Pasteur. (O dono da loja não deve ter lido jamais as etiquetas de cada bronze.)

Entra-se na loja, apenas para ver, e ele continua sentado, sonolento, num torpor de quem se desligou completamente deste mundo.

Ali estão as garrafas de cristal dos banquetes dos nossos avós: garrafas sem tampas e tampas sem garrafas, pobres destinos desencontrados e inocentes. Ali estão belas maçanetas venezianas que deviam servir a portas maravilhosas de salões que não existirão mais. Pratos e xícaras, lampiões e jarras perfilam-se com serena dignidade nas prateleiras poeirentas. Pequenas joias quebradas, com falta de pedras. Trinchantes de lâmina enferrujada. Molhos e molhos de talheres com melancólicos monogramas entrelaçados. (Amorosos tempos de casamentos indissolúveis, de iniciais abraçadas, de lares que pretendiam ser a imagem da Eternidade!)

O dono da loja continua tranquilo no seu cadeirão de couro, sem dar a menor atenção aos visitantes. Por um lado, é comovente a sua confiança nos estranhos que entram e saem. Mas leva-me a crer que apenas está seu corpanzil naquela enorme cadeira: que seu espírito (isto é, aquilo que não seja propriamente o corpo) ronda, vigilante, os infinitos objetos que jazem na sua loja, sob e sobre poeira. Pois se alguém se lembra de perguntar: "Qual é o preço daquela jarra? Quanto custa aquele prato?", imediatamente aquilo que não é apenas o seu corpo vem à tona da poeira e exala números um pouco fantásticos: "Vinte mil cruzeiros... Trinta mil...". E tudo continua a ser sonolência e pó.

Ah! compoteiras gloriosas, que um dia brilhastes com o topázio e o rubi dos doces de carambola e goiaba! Ah! taças lapidadas erguidas entre discursos, bordadas de sussurrante espuma! Ah! vulto de alabastro que fostes como um raio de luar entre remotas sedas drapeadas!... Tivestes os vossos donos, que vos amaram, que vos admiraram, que vos protegeram para que a vossa beleza não sofresse nenhum agravo. E agora sois objetos desparelhados, que uns acham velhos demais, que outros não acham suficientemente velhos, e assim habitais esse mundo de poeira, e representais apenas um certo preço: o preço consignado nos catálogos, e que a memória de um homem sonolento diz em voz alta, como se vos batesse com uma vara e vos partisse.

Súplica por uma árvore

Um dia, um professor comovido falava-me de árvores. Seu avô conhecera Andersen-Andersen, esse pequeno deus que encantou para sempre a infância, todas as infâncias, com suas maravilhosas histórias. Mas, além de conhecer Andersen, o avô desse comovido professor legara a seus descendentes uma recordação extremamente terna: ao sentir que se aproximava o fim de sua vida, pediu que o transportassem aos lugares amados, onde brincara em menino, para abraçar e beijar as árvores daquele mundo antigo - mundo de sonho, pureza, poesia - povoado de crianças, ramos, flores, pássaros... O professor comovido transportava-se a esse tempo de ternura, pensava nesse avô tão sensível, e continuava a participar, com ele, dessa cordialidade geral, desse agradecido amor à Natureza que, em silêncio, nos rodeia com a sua proteção, mesmo obscura e enigmática.

Lembrei-me de tudo isso ao contemplar uma árvore que não esqueço, e cujo tronco há quinze dias se encontra todo ferido, lascado pelo choque de um táxi desgovernado. Segundo os técnicos, se não for socorrida, essa árvore deverá morrer dentro em breve: pois a pancada que a atingiu afetou-a na profundidade da sua vida.

Uma testemunha realista, meramente interessada na descrição dos fatos aparentes, contaria que, uma destas tardes, um pobre táxi obscuro, rodando dentro da quilometragem regular, foi abalroado por um poderoso furgão, de maneira tão jeitosa que o motorista foi cuspido do seu lugar; e o carro, em movimento, dirigiu-se, desgovernado, para cima, para baixo, para a direita e para a esquerda, até se amassar contra uma árvore. Apenas isso: sem falar que o táxi levava passageiro, que, no seu lugar, aguardava o desfecho desse jogo de forças cumprindo-se inexoráveis dentro das leis da física.

Mas um observador mais sensível, mais dedicado ao que mora além das aparências - sem divergir da descrição gráfica do fato -, veria, no instante mais agudo da situação, a bondosa, a caridosa, a dadivosa árvore enfrentar o desastre com a sua solidez estoica, deter o desvario da máquina, embora expondo ao risco a sua vida.

Com que abraço se pode agradecer o heroísmo de uma árvore? Num tempo em que os homens se destroem com pensamentos, palavras e atos, de que maneira se pode louvar uma árvore que protege e salva, embora anônima e em silêncio? A quem se deve pedir que venha, com os recursos de que os homens dispõem, impedir que se extinga a vida vegetal que salvou uma vida humana? Vinde, senhores da cidade!, tratai desta árvore-símbolo! Tratai-a com amor, porque está sofrendo, porque está ferida, porque não se queixa - e para que não se diga que os homens são menos generosos que as plantas.

Inverno

Com este frio que faz, Petronilha, devíamos ter uma boa lareira. Estaríamos sentadas uma diante da outra, e talvez eu me animasse a reaprender a técnica de tricô. Na Europa, minha amiga Eva, mesmo sem lareira, senta-se no cantinho mais abrigado da sua casa e, com uma velocidade impressionante, faz meias, casaquinhos, toucas, xales, que manda distribuir pelos pobres sem que eles jamais tenham visto ou venham a conhecer as suas mãos. Os pobres pensam que tudo isso lhes cai do céu, ficam muito felizes, pois o celestial é infinitamente superior ao terreno, e agradecem a Deus tamanha ventura como a de envolver as criancinhas em lindas complicações de lã. Mas aqui, Petronilha, não sei se existem as mesmas disposições para o maravilhoso. Os pobres parece que não gostam tanto de receber essas coisas tecidas com amor e aparecidas nas suas mãos como presentes de fadas: preferem comprar os grosseiros produtos da indústria expostos nos bazares. Não, Petronilha, não voltarei ao tricô. Voltarei, sim, à lareira, onde, ao excitante calor das chamas, inventaremos meios e modos de aquecer os friorentos sem ser por esse sistema quase sobrenatural.

Tenho visto lareiras, Petronilha. Alguma coisa muito antiga deve haver no fundo da nossa alma, para assim nos alegrarmos com o crepitar da madeira, com o flutuar das labaredas amarelas e vermelhas, com o cheiro da lenha queimada, com o prazer de revolvermos as últimas brasas na cinza. Tudo isso é primitivo e alado, ao mesmo tempo. Não me faz pensar no Inferno dos doutores da Igreja, mas no nascimento do mundo, em franjas do Sol a brincarem na Terra, em pequenos recados de luz, apenas balbuciantes. Tudo isso é lindo, Petronilha, e eu insisto em sonhar - dado o frio que faz - com uma lareira bem alta, bem larga, bem luminosa.

Mas quando me lembro que essa lenha vem das florestas, que estão sendo queimadas belas árvores para o nosso prazer, entra-me no coração uma tristeza igual a uma leve mas penetrante seta. Mereceremos nós o sacrifício de uma só árvore?

Um dia, à margem de um rio, vi homens a fazerem um barco. A madeira recendia, cor de marfim, aberta ao sol. Os homens aparelhavam-na destramente, e eu contemplava à distância aquela transformação da árvore. Senti a mesma pena, mas pensei que não era tão grande a ofensa, pois a árvore poderia envelhecer, apodrecer, ignorada, na mata, se não a aproveitassem com aquela habilidade e aquele amor. Porque havia amor naquele trabalho de tal metamorfose. E a árvore, despregada do solo, dessa fixação a que está condenada, iria navegar, deslizar pelo rio, conhecer outros aspectos daquele lugar onde nascera, ver as colinas, ver os penedos, ver os peixes, ver muitas coisas - pois certamente lhe pintariam dois grandes olhos, na proa, como já faziam os antigos, e ainda lhe dariam um bonito nome protetor, como é de uso com os próprios humanos.

Assim me consolei, Petronilha, da árvore transformada em barco. Era, de certo modo, engrandecê-la, arrancá-la à obscuridade e oferecer-lhe um mundo novo, onde seria amada e feliz.

Mas com a lareira é diferente, Petronilha. As belas árvores despedaçadas transformam-se em fogo e cinza. Desaparecem. A glória efêmera das labaredas é glória apenas para os nossos olhos. Mas, para a madeira, além de efêmera é cruel. A árvore arde na sua própria chama, é o sacrifício e a vítima, a um só tempo. Não, Petronilha, creio que não quero mais a lareira. Não faremos tricô para os friorentos, nem estaremos "ao pé do fogo dobando e fiando", e a dizer versos de Ronsard, que não escreveu para nós... Já passaram os séculos sobre Ronsard e Helena... Creio que as lareiras devem ficar também no horizonte dos séculos. Não, Petronilha, não vamos consentir nessa morte das árvores para o nosso conforto. Vamos vestir todos os nossos agasalhos e contemplar a linda, embora fria chuva que continua a cair pelo jardim, pela montanha, pela terra...

Semana Santa

Penso agora numa Semana Santa de Ouro Preto, recordo a melancolia das igrejas, na cidade contrita. Posso ver a multidão comprimir-se para assistir à Procissão do Encontro: no alto dos andores, o rosto da Virgem é uma pálida flor, e a cabeça do Cristo, inclinada, balança os cachos do cabelo ao sabor da marcha, com um ar dolente de quem vai por um caminho inevitável. O pregador começa a falar explicando aquela passagem do Evangelho, exorta os fiéis à contemplação daquela cena, cuja significação mais profunda procura traduzir. Mas o povo já está todo muito comovido: as velhinhas choram, as crianças fazem um beicinho medroso e triste e as moças ficam pensativas, porque - embora em plano divino - os fatos se reduzem à desgraça cotidiana, que elas conhecem bem, de um Filho que vai morrer, e cuja Mãe não o pode salvar, e que ali se despedem, uma com o peito atravessado de punhais, outro com a sua própria cruz às costas. O povo é bom, o povo quereria que todas as Mães e todos os Filhos fossem felizes, e se pudessem socorrer, e não morressem nunca, e principalmente não morressem dessa maneira, pregados a cruzes transportadas nos próprios ombros.

O povo é bom, e sabe que o Cristo ressuscitará, o povo confia na Ressurreição, mas sua tristeza não é menor, por isso, e há lágrimas sinceras nos rostos simples que levantam o perfil para os andores parados na encruzilhada.

À descida da Cruz, novamente a aflição dos fiéis, com o rosto banhado em lágrimas. Tudo foi há muito tempo, em termos sobre-humanos, eles o sabem: mas como se pode ver Nossa Senhora com seu terno Filho, assim despregado e em chagas, a resvalar para os seus braços consternados? Ah! o povo é bom e não pode deixar de comover-se com a Santa Tragédia, que, em termos humildes, é a sua tragédia de cada dia, com os braços infelizes estendidos para filhos martirizados.

Depois, à luz dos círios, na interminável procissão que sobe e desce pelas ladeiras, o povo, de olhos lutuosos, experimenta em seu coração aquele acontecimento duplamente emocionante, conhecendo-o também no plano terrenal, na angústia e no mistério da morte, a cada instante observada e sofrida. Pelas ruas, o povo bom acompanha o enterro do Justo, aguentando com fortaleza o cansaço do íngreme caminho; e pelas janelas, como pelas ruas, o povo bom participa daquela amargura, morre em seu coração daquela morte, aceita a sua condição humana, naquele lance final, depois de se ter preparado para ele através das provações anteriores, graves e acerbas.

Tudo isso enquanto as matracas fazem um acompanhamento surdo, tenebroso, ameaçador, e os cabelos da Madalena exibem sua amorosa beleza, e a voz que canta o *O vos Omnes* se eleva, pungente, na noite, fazendo chorar o povo bom, que tem suas dores tão grandes, tão grandes, mas decerto menores do que a daquela que pergunta: "Conheceis uma dor igual à minha?" - e expõe a Santa Verônica.

Oh, a dor dos pais pelos filhos! Abraão vai no cortejo, querendo descarregar a espada sobre Isaac, para provar a Deus sua devoção. Mas o Anjo compadecido puxa-lhe a espada para cima. Não, não é preciso que ele sacrifique o menino que também vai carregando às costas o pequeno feixe de lenha do seu sacrifício: "Abraão, Abraão, não estendas a tua mão sobre o menino, e não lhe faças mal algum...". Deus é bom, o povo é bom, uma onda de bondade comove a noite inteira, das estrelas do céu até o fundo dos córregos...

Depois, é aquele amanhecer festivo de coisas claras e douradas, de cânticos felizes, de sinos, com todas as lágrimas enxutas, porque um dia todos os Filhos serão felizes, nem Isaac será queimado no alto do monte nem Jesus crucificado; um dia todas as Mães serão definitivamente jubilosas, e as velhinhas agradecem a Deus - há dois mil anos as velhinhas agradecem a Deus tanta bondade - e as moças sentem o coração dilatado de esperanças, e os anjinhos de procissão, que agora mal podem andar com suas grandes asas de penas brancas, os anjinhos que um dia vão ser crescidos, adultos e vão saber destes difíceis problemas de viver, de serem filhos e de serem pais, esses anjinhos, de pés cansados e carinhas alegres, comem os seus confeitos de Páscoa, ainda de asas e túnica, à beira das calçadas, no degrau das portas, em alguma ponta de muro...

O povo bom sofre uma vez por ano, intensamente, seu compromisso de ser bom, de ser melhor, cada dia mais, para sempre. O destino do homem é ser bom. Sua felicidade está em consegui-lo, mesmo - ou principalmente - sofrendo.

Às vinte e duas horas

Às vinte e duas horas devíamos todos estar dormindo, para vivermos um século, se acreditássemos no provérbio que "acordar às seis, almoçar às dez, jantar às seis, deitar às dez, faz o homem viver dez vezes dez"... Mas ai! quem acredita mais em provérbios? quem sabe provérbios? que são provérbios? A vida mudou quase de repente, e os hábitos tornaram-se outros, e é outra a moderna rotina. (E será bom viver um século?)

Às vinte e duas horas, se dormíssemos, talvez tivéssemos belos sonhos, talvez nos despertasse alguma serenata. Mas a província do Rio de Janeiro ainda não perdeu seu estilo de grande cidade: nem as crianças querem deitar-se a esta hora! e mesmo os anciãos e os doentes acham que a esta hora ainda se pode estar acordado, ainda é tempo de ver, ouvir, pensar, falar... Todos queremos prolongar o tempo, vivê-lo mais: a cada instante pode sobrevir uma revelação importante! Cada minuto é um mistério. E o que amamos, acima de tudo, é o mistério: dele viemos, nele perduramos, para ele nos dirigimos.

Às vinte e duas horas, cada um está vivendo um instante diferente, como a qualquer outra hora do dia ou da noite: alguém pode estar nascendo, alguém pode estar morrendo. Alguém pode estar pedindo socorro, e não sabemos. Alguém pode estar sendo feliz, até sem o saber.

Às vinte e duas horas, há luz no gabinete dos que estudam, na sala dos que conversam, nos aposentos dos que sofrem, dos que esperam, dos que amam. Vemos essa sucessão de luzes, vidraças sobre vidraças, ao longo das imensas ruas. Cada luz pertence a um instante diferente. A distância unifica tudo em silêncio: mas há palavras muito diversas, na órbita de cada lâmpada. Se pudéssemos ouvi-las todas, veríamos de que surpreendentes contrastes é feita essa aparente identidade.

Às vinte e duas horas, as ruas estão desertas, de um lado; repletas, de outro: há beldades, como flores noturnas, que só depois das vinte e duas horas exibem o seu esplendor: é uma hora mais escura para os pobres, nas suas tocas - mas é uma hora mais clara para as sedas e os diamantes. As sombras da noite são assim caprichosas.

Mas tudo é enganoso, estas vinte e duas horas são também uma ilusão, porque em outros lugares amanhece, em outros é pleno dia, e em cada ponto da Terra um momento diferente marca uma outra atividade e um outro sonho. E tudo isto que pesa nos nossos ombros e na nossa alma se vai tornando alado, leve, livre, e a própria Terra vai deixando de ser este cenário próximo e aflitivo: recuperando suas velhas asas, reafirmando-se Planeta, no voo do universo!

E que quer dizer "vinte e duas horas"?

História quase macabra

Aquele senhor contou-me que conhece um lugar cujas condições climáticas mumificam os cadáveres enterrados, sem necessidade de qualquer embalsamamento. Ele esteve nesse lugar, como turista, quando se podia já visitar um museu subterrâneo onde os antigos mortos se apresentavam intactos em seus corpos e em seus vestidos.

Sucedeu que, na época das exumações, começaram a encontrar esses corpos assim admiravelmente conservados. Pensaram, a princípio, que fossem casos especiais, quem sabe, mesmo, casos de santidade. Mas à medida que iam sendo feitas as sucessivas exumações, no prazo que a cada uma correspondia, notou-se que o fenômeno era geral. Foi quando alguém, com forte vocação turística, sugeriu que se organizasse o tal museu subterrâneo. Não sei de pormenores a respeito, porque aquele senhor me contava essas coisas com certo constrangimento, dada a sua reverência pelos mortos e o que se seguiu, na conversação. Parece que levantaram uma parede de vidro, para se poder ver aquela exibição fúnebre, e que os mortos, embora em seus ataúdes, foram colocados em posição vertical. Era o que se podia deduzir dos gestos com que aquele senhor fazia a sua respeitosa descrição.

Todos os museus têm, naturalmente, seus conservadores e seus guardas. E seus guias. O guia deste museu não podia limitar-se a acompanhar os visitantes para lhes oferecer esse singular espetáculo. Estudou a história de cada morto: essa parte da história de cada um que se supõe suficiente para retratar qualquer pessoa, e que, em geral, consta apenas de uns míseros dados superficiais - datas, lugares, vagos pontos de referência. Ainda há muitos homens antropófagos, quero dizer, ávidos de devorar a vida do próximo, de saber pormenores, de penetrar em intimidades, de colecionar anedotas, pequenos fatos sem importância, mas que sejam parte da história de alguém, que muitas vezes nem conheceram, mas que lhes dá prazer saborear, assimilar. É muito triste este mundo.

Então o guia do cemitério, não desconhecendo essa vocação antropofágica, sobretudo dos turistas, que nem mastigam as vítimas - vão absorvendo tudo, contanto que sintam encher-se com o verídico e o inverídico os celeiros estéreis da sua imaginação -, o guia começou a fazer suas divagações sobre os pobres mortos ali expostos como se lhes não bastasse a infelicidade dessa póstuma exibição, e ainda tivessem de servir de pasto à fome dos visitantes com biografias que não correspondiam à verdade.

Mas a verdade é mesmo muito difícil de discernir. Que saberiam os mortos das suas verdades de vivos? Os mortos têm outras verdades, devem ter os seus monólogos e diálogos, e o que foram é uma coisa sem sentido, em face do que passam a ser. Talvez o guia, obscuramente, pensasse desse modo: e ia fabricando os seus romances, segundo a própria aparência dos personagens. Os mortos não têm todos a mesma aparência. Uns tornam-se amarelos; outros, verdes, azuis, cinzentos, com placas acobreadas; e alguns ficam meio translúcidos, como alabastro, e há os que parecem de pérola, com um vago luar iluminando-os.

Disse-me aquele senhor que nem todos os mortos do cemitério estavam exatamente bem conservados. Mas alguns podiam ser considerados perfeitos. Um homem de uns quarenta anos, extremamente bem-vestido, era o exemplar mais admirável da exposição. Tinha finas mãos, muito alvas, e uma fisionomia romântica de grande expressão. Seus cabelos negros mantinham-se bem penteados, com o brilho natural dos cabelos vivos, e uma grande onda descia-lhe um pouco pela testa, ampla e serena, e perdia-se por detrás da orelha. Todos os visitantes se interessavam por aquela figura, e queriam conhecer a sua vida, a sua profissão e tudo mais que neste mundo se usa querer saber pela curiosidade antropofágica.

A princípio, o guia dava os pormenores que constavam do próprio livro do cemitério. Mas um dia, sob a excitante influência dos turistas, começou a divagar, a contar fatos da sua imaginação, a atribuir ao morto o que lhe parecia corresponder à sua romântica figura. Mas, disse-me aquele senhor que a certa altura parou, e perdeu para sempre a voz. Os turistas não viram: mas o guia deixou escrito que o morto abrira os olhos, fitara-o muito sério, e dissera-lhe, num suspiro: "Deixa-me em paz. Por que mentes assim?"

Lembrança de Abhay Khatau

Quando visitei, na Índia, o pintor Abhay Khatau, ele era um jovem de vinte e poucos anos, e morava num desses prodigiosos palácios de complicada construção, com inúmeras escadas, sucessivos terraços, múltiplas varandas, que resumem o sentido patriarcal de uma época, em aconchegar, verdadeiramente como numa árvore, os vários ramos da família que se vai multiplicando.

À medida que subíamos para o seu apartamento, o palácio ia-se oferecendo à vista sob os mais inesperados aspectos: e era como se fôssemos percorrendo uma galeria de miniaturas clássicas: numa sala, meninas cantavam e dançavam, esbeltas e transcendentes, apoiando seus exercícios em pensativas músicas; noutra sala, um homem, acocorado à maneira oriental, ocupava-se em passar a ferro um sári que serpeava em cores pelo assoalho; mais adiante estavam sendo socadas as especiarias que dão à cozinha indiana esse aroma cálido, acre, picante, delícia dos que a apreciam, pavor dos que a detestam. Tudo isso entrecortado de céu azul, de frondes, de paredes brancas, de roupas de muitas cores.

Depois do chá com bolinhos de arroz e pasteizinhos muito quentes e gordurosos (entre pessoas não apenas amáveis e cultas, mas para as quais a arte ainda é uma coisa sagrada, um dom de transmitir mensagens entre o céu e a terra, entre a eternidade do espírito e a volubilidade do momento) começaram a aparecer os desenhos e pinturas do jovem Abhay Khatau.

Afinal, quem era ele, e que nos tinha a dizer, com seus quadros? As primeiras alusões eram à sua riqueza: uma riqueza que nos transportaria a panoramas lendários, colocando-o numa situação ímpar, com inteira liberdade para consagrar-se exclusivamente à sua vida artística. Havia também a sua precocidade. Ele nascera pintor: só se entendia com tintas, cores, símbolos gráficos. Essa era a sua comunicação com o mundo, e o que o mundo lhe dizia chegava também traduzido nessa linguagem. Essa linguagem e essa comunicação, além de cores, tinham ritmo. Esse ânimo dançante que a Índia sente palpitar na Criação, e que vivifica suas tradições e se reflete na imagem de seus deuses, apoderava-se também da inspiração de Abhay Khatau, tornando sua pintura implicitamente musical.

Entre os quadros que iam aparecendo, surgiram também os sáris do enxoval de sua noiva, executados sobre desenhos por ele amorosamente sonhados: a esse desdobrar de sedas coloridas, em fabulosas combinações de tonalidades e desenhos entremeados de ouro, desatou de repente pequenas cascatas cintilantes em redor da sala que a cada instante se ia tornando mais fantástica.

Os pintores atuais da Índia não obedecem exclusivamente aos temas e técnicas tradicionais: há curiosas fusões do Oriente com o Ocidente, em seus trabalhos, e acentuações, ora no assunto, ora no estilo, que revelam as inquietudes e buscas desses jovens.

Abhay Khatau tinha viajado pela Europa, conhecera a Itália, cujos museus visitara e cujo teatro de ópera particularmente havia impressionado sua sensibilidade de pintor. A movimentação e o colorido do espetáculo, a estranheza da indumentária fantasiosa refletiam-se em seus quadros com aquela fisionomia febril das esculturas amontoadas nas paredes dos velhos templos indianos.

Mas Abhay Khatau observara também certos aspectos da vida social do Ocidente. E começaram a aparecer desenhos realistas de senhoras rubicundas, com grandes decotes, extravagantes vestidos, que ele, sem nenhuma intenção caricatural, antes com a mais respeitosa seriedade, ia sobrepondo diante de nós, em telas e cartões.

Nós é que víamos, com pungente melancolia, a fealdade deste mundo nosso, agitado e superficial, de modas vãs, de exibicionismo sem sentido, de reuniões sem finalidade séria, de vida falsa, oca, demoníaca.

As mulheres veladas, a cortesia da palavra e do gesto, o recato da alma preocupada com os seus temas, tudo quanto em redor de nós, na Índia, seduzia e deslumbrava, parecia-nos pertencer a outra idade, a outro tempo humano. O Ocidente era um grito brutal, no meio daquela música.

Mas Abhay Khatau ia mostrando seus quadros com a mais suave naturalidade. Como um professor isento de paixões, que expõe a sua lição. E ele mesmo não pensava em lição nenhuma. Pensava em cores, figuras, ritmo, essas vagas invenções.

A arte de não fazer nada

Dizem-me que mais de metade da humanidade se dedica à prática dessa arte; mas eu, que apenas recente e provisoriamente a estou experimentando, discordo um pouco da afirmativa. Não existe tal quantidade de gente completamente inativa: o que acontece é estar essa gente interessada em atividades exclusivamente pessoais, sem consequências úteis para o resto do mundo.

Aqui me encontro num excelente ponto de observação: o lago, em frente à janela, está sendo percorrido pelos botes vermelhos em que mesmo a pessoa que vai remando parece não estar fazendo nada. Mas o que verdadeiramente está acontecendo, nós, espectadores, não sabemos: cada um pode estar vivendo o seu drama ou o seu romance, o que já é fazer alguma coisa, embora tais vivências em nada nos afetem.

E não posso dizer que não estejam fazendo nada aqueles que passam a cavalo, subindo e descendo ladeiras, atentos ao trote ou ao galope do animal.

Há homens longamente parados a olhar os patos na água. Esses, dir-se-ia que não fazem mesmo absolutamente nada: chapeuzinho de palha, cigarro na boca, ali se deixam ficar, como sem passado nem futuro, unicamente reduzidos àquela contemplação. Mas quem sabe a lição que estão recebendo dos patos, desse viver anfíbio, desse destino de navegar com remos próprios, dessa obediência de seguirem todos juntos, enfileirados, clã obediente, para a noite que conhecem, no pequeno bosque arredondado? Pode ser um grande trabalho interior, o desses homens simples, aparentemente desocupados, à beira de um lago tranquilo. De muitas experiências contemplativas se constrói a sabedoria, como a poesia. E não sabemos – nem eles mesmos sabem – se este homem não vai aplicar um dia o que neste momento aprende, calado e quieto, como se não estivesse fazendo nada.

Assim os rapazinhos que se divertem em luta violenta, derrubando-se uns aos outros, procedem a uma avaliação de forças, de golpes de habilidade: lições de assalto e defesa, postas em prática espontaneamente. Pode algum curso ser mais interessante do que este, que encontra já os alunos vivamente dispostos a segui-lo?

E aqui pelo salão fala-se de coisas que muitos julgariam fúteis: de jogos de cartas, do valor convencional de ases e coringas... Mas os que assim conversam estão de tal modo necessitados desses conhecimentos como outros, neste mundo, de uma leitura filosófica ou científica. Não se pode, em sã consciência, dizer que não estejam fazendo nada.

Mesmo estas mocinhas que trouxeram para a vitrola seus ruidosos discos americanos e ainda recomendam: "Ponha bem alto! Ponha bem alto!" –, embora conversem de outra coisa e não prestem nenhuma atenção à música, estão escravizadas ao seu ritmo, que vão acompanhando com os ombros, com as mãos, com requebros da cabeça. Não estão fazendo nada? Mas estão disciplinando a sua própria cadência; estão acertando pelo compasso da época (se é pior ou melhor esse compasso, quem o ousará dizer?) a sua própria vida, como o colegial que acerta, em pauta dupla, sua caligrafia.

Não, não; estou desconfiadíssima de que a tal arte de não fazer nada não existe. Pois estas senhoras, certamente, vieram para aqui a fim de não se dedicarem a coisa nenhuma: e eis que encontram trabalhos dobrados, pois a cada hora do dia pensam em mudar de roupa e em se fazerem mais originais e mais bonitas. E os cavalheiros que as acompanham, com tanto tempo que agora têm à sua disposição, dedicam-se a gentilezas e solicitudes que representam um trabalho meritório, sem dúvida, mas delicado e ininterrupto. Quem falou em férias, em descanso, em arte de não fazer nada?

As pessoas mais disponíveis são as que vêm tratar da saúde. Pois de manhã cedinho já estão vestidas, a caminho do balneário, onde lutam com os seus cálculos e alergias, em vigorosos banhos, em duchas e massagens. E atravessam a manhã ocupadas com o relógio, a controlarem os goles d'água de seus copinhos. E atravessam o dia ocupadas com a sua dieta e o seu descanso, de modo que seria grande injustiça imaginar que não estejam fazendo nada.

Até as crianças, que gozam da fama de uma existência de contínua gratuidade, tentam, à tardinha, brincar de roda, recitar versos, dançar e cantar, o que lhes custa um enorme esforço, pois as tradições vão desaparecendo.

E é tudo assim. Não vejo nada inativo: nem estas nuvens que parecem paradas, nem estes passarinhos que voam para o norte, nem o cavalo abandonado à margem da estrada, que meneia a cauda indolentemente. Apenas, talvez haja um valor e uma hierarquia nessas atividades. Mas quem sou eu, para defini-las e recomendá-las?

Carnaval do Rio

O Carnaval começa a borbulhar, aqui, certa noite, obscuramente, no negrume dos morros. É apenas um ritmo surdo, um movimento de arrulho que embala o sono dos vales. Prossegue, prossegue, palpitante, na sombra, na distância, como um coração cansado e opaco num vasto corpo de silêncio.

Pouco a pouco, esse ritmo noturno se vai despojando de suas franjas secretas, seu contorno vai sendo mais forte e mais nítido, como se, deixando seus esconderijos rasteiros, se fosse libertando da pesada poeira do seu nascimento. E então já se pode acompanhar, de muito longe, aquele andamento invisível e que adquire ressonância, que já não é uma simples cadência monótona, mas uma construção de sons que de repente se entrelaçam, vão baixando e recomeçam, no alto da noite, pelos seus densos muros, longas inscrições gravadas como essas que perduram nas edificações muçulmanas.

Pouco a pouco, também, vozes muito esguias começam a elevar-se, como letras compridas e vistosas, nessas prolongadas e fluentes inscrições. São vozes várias, que também se enlaçam, e chamam e respondem, e se dispersam na vastidão da noite. De tão longe, não se pode entender o que dizem, mas sente-se o apelo, a ternura, a melancolia do grito. E esse instante humano faz sonhar com tempos passados, com a envolvente presença de uma boa gente negra, séria e generosa, ainda não desprendida de seus compromissos de ritos, de mitos, de lendas, de fábulas.

Com a sucessão das noites, tudo vai ficando mais claro: o ar adquire transparência e os sons se aproximam do nosso ouvido, com todas as suas múltiplas riquezas. Não apenas o bater dos tambores, o ranger das cuícas, o martelar abafado das madeiras, mas vibrações de metal, oscilações, interferências de vidro; desenhos agudos, estridentes, redondos, prateados, veludosos: pássaros, sinos, insetos, comandados por um vigoroso apito que atravessa, repentino e imperativo, a compacta parede musical, porta de muralha que se abre e logo se torna a fechar.

Finalmente, o Carnaval instala-se no seu dia. Todo esse trabalho preparatório, no alto dos morros, vem fundir-se nas ondas da multidão exultante que transborda pelas ruas. Vemos os grupos, os blocos, os ranchos, os grandes desfiles, os bailes... Vemos de perto as roupas de seda e arminho; escutamos as canções; contemplamos estandartes, carros complicados; ouvimos narrativas de enredos, explicações, erudições...

E assim o Carnaval transcorre, entre serpentinas e luzes, palmas de turistas, alegrias e tristezas de prêmios: uma grande festa desigual, onde o melhor e o pior se misturam às cegas, num demorado delírio monstruoso. Mas o que fica no ar é uma cadência, a pulsação de um mundo e de um tempo subterrâneos, um sentimento de vida surda procurando encontrar-se, desde um remoto passado a um futuro muito vago, através de esfinges e enigmas.

Rabindranath, pequeno estudante

Ao longo da sua vasta e importante obra literária, Rabindranath Tagore, sempre que pode, faz uma referência aos seus primeiros tempos de estudante. Partindo de quem partem, essas lembranças deviam ser meditadas por pais e professores, pois representam a experiência de uma criança maravilhosamente dotada, esforçando-se por libertar-se da rotina escolar, da memorização e do acúmulo de disciplinas que os professores, embora zelosos, se esforçavam por incutir-lhe.

Quando um dia o menino chorou para ir à escola, houve quem lhe dissesse: "Hoje choras para ir, amanhã chorarás para não ir". E ele nunca esqueceu esse prognóstico, que mais tarde consideraria acertadíssimo. A escola causou-lhe muita decepção. Como em *The Parrot's Training*, em que os sábios, para educarem um pássaro, a primeira coisa que acharam necessária foi uma gaiola, também o menino se sentia infeliz no mundo dos deveres escolares, longe de todas as belas coisas da vida: o grito dos vendedores ambulantes, as meninas felizes (que não iam à escola) brincando com caramujos e conchinhas, as imagens familiares vistas da alta varanda: os que fumavam, os que se penteavam, os que costuravam...

Entre as histórias de bandidos, de animais ferozes, de almas do outro mundo, e os cadernos com letras e números, o pequeno estudante se sentia terrivelmente dividido: de um lado, era a vida, com todas as suas peripécias, belas e tremendas; do outro, o ensino: páginas devoradas, como na história do papagaio, nutrido de folhas e folhas de livros, até morrer sufocado – enquanto lá fora a brisa passava pelas árvores em flor.

A história do colegial Rabindranath Tagore não foi propriamente brilhante, no que se refere a essa capacidade de absorver noções e armazená-las. Ao contrário, é pela sua resistência à ação dos professores (que ele, com tão pouca idade, já sentia nociva e irracional) que se caracterizam os seus primeiros tempos de estudo. Em relação a um dos mestres, sua atitude chegou mesmo a ser a de um grevista em puro estilo "gandhiano", pois, sentindo-o agressivo e injustamente autoritário, passou a não responder jamais às suas perguntas, mesmo quando possuísse as respostas certas.

Essas confissões de Tagore deviam ser meditadas por pais e professores, porque suas experiências infantis continuam a ser repetidas por toda parte. Por isto ou por aquilo, ainda que nos sobrem conhecimentos pedagógicos, falta-nos, frequentemente, o sentido "humano" da criança. Que desejam as escolas? Transmitir conhecimentos? Promover alunos? Praticar (ainda que com as melhores intenções) o comércio da instrução? Desenvolver as crianças para a vida, mediante o aprimoramento de suas faculdades, de sua vocação, de seu gosto?

Que esperam os pais da escola? Algum descanso? Uma partilha de responsabilidades? Diplomas?

São os adultos que decidem. A criança está entre as suas decisões, geralmente sem forças para se defender, mas sentindo-se ameaçada. E quando se fala de maus estudantes é sempre culpada a criança. Preguiça. Vadiação. Falta de inteligência. Distração. Desinteresse. Etc.

Rabindranath Tagore, homem extraordinário, que se fez educador por amar as crianças, anotou suas amarguras de pequeno colegial. Falou-nos de seu mundo encantado, de sua vida poética ainda incomunicável – em contraste com os métodos e as finalidades do ensino, no seu tempo. Isso foi há um século, e, por incrível que pareça, continua a ser mais ou menos como era, até agora. As escolas são poucas, os alunos são muitos, os professores não têm grande paciência, o dever cumprido calcula-se mais pelo horário do que pelo devotamento e a compreensão do "fato humano", as crianças estão transtornadas por esses horrores do cinema, da televisão, das histórias em quadrinhos – que substituem a vida, que são a sua melancólica experiência, fora da mediocridade do ensino comum, e chegam a ser a sua libertação, a sua poesia, o seu contentamento.

Ah, meu pequeno Rabindra, como tudo piorou tanto! O progresso cresceu, os livros aumentaram, os programas ficaram imensos, e a criança está muito mais engaiolada na sua solidão, cercada de muito mais problemas, com a voz do espírito abafada por muitas inutilidades. Foi assim que o papagaio morreu. E em volta dele disseram: "Que ingrato! Tão bem tratado!..."

Dia de sol

Apareceu o sol, e eis-nos todos felizes, não porque os dias de chuva não tenham seu encanto, mas porque já eram muitas chuvas seguidas, e nem sempre é agradável andar pelas ruas molhadas, com os pés desgovernados pela lama.

Mas é bela a chuva a cair das goteiras, a pender das folhas das árvores, a derrubar com o seu peso as campânulas que escorregam pelos muros e que têm pingentes como um trancelim de ouro sustentando um diamante d'água.

Amanheceu o sol novo: um espetáculo diferente, o primeiro dia luminoso do mundo. O céu limpo, uma seda azul estendida de horizonte a horizonte. As árvores muito bem lavadas, com a folhagem polida, mais verdes do que antes, mais saudáveis, com frondes mais abundantes. (Tudo isso aconteceu enquanto chovia?)

E começam a passar muitas borboletas novas também, com seus vestidinhos de veludo; oh!, tão lindas, tão lindas, para tão pouco tempo... Vem uma toda preta com listras amarelas e pousa no jasmineiro. Pousa mesmo no único jasmim que a chuva deixou ficar no ramo, e é como se o estivesse lendo atentamente, lendo aquelas seis pequenas páginas brancas onde não sabemos o que estará escrito.

Só porque o sol apareceu, tudo se modificou. Vieram os meninos para a rua e começaram a brincar nas calçadas, e a moça descobriu até que os grilos saíram das suas tocas, e deu-me uma explicação a respeito dos seus hábitos, das suas conversas, e as minhas ignorâncias sorriam também felizes com as alegres notícias do mundo dos bichos.

Continuaram a passar outras borboletas, e os pombos que viviam escondidos ali no beiral do vizinho alisaram as penas, experimentaram as asas e romperam a voar por cima dos telhados, e foram bem longe, lá para os lados das palmeiras.

Fiquei muito contente com esse despertar do que antes estivera refugiado, com medo da chuva.

Os cães que há tanto tempo não se faziam ouvir começaram a ladrar para o sol, como se quisessem cantar. Mas quem cantava mesmo eram as meninas que subiam no bonde que leva ao Corcovado. Cantavam e batiam palmas, e era uma festa por todo o vale. Descobri no jardim flores que nunca tinham desabrochado, que não sei como se chamam nem de onde vieram. E uma estava sendo lentamente percorrida por uma abelha, e outras continuavam libertando-se do peso da água que em suas corolas se acumulara.

À tardinha, visto que o mundo todo estava em ordem, e até as coisas tinham aparência feliz, resolvi ser feliz à minha maneira, que é pôr uma folha de papel na máquina e começar a trabalhar.

E assim me achava posta em sossego, quando um bem-te-vi galhofeiro de algum lugar soltou o seu grito, que parecia dirigido expressamente a mim, como uma delicada provocação. E não tive mais tranquilidade, pois a família dos bem-te-vis é muito numerosa e ruidosa, e quando um começa a falar todos respondem, cada um no seu tom, como se não concordassem uns com os outros, o que é muito próprio das famílias mesmo não numerosas. E foi assim, que, sem que eu os pudesse avistar, os bem-te-vis interromperam o meu trabalho, tanto gritavam as senhoras e os homens, as senhoritas, os rapazes e as crianças dessa enorme família. Uns estavam roucos, e devia ser ainda efeito da chuva. Talvez todos quisessem sair, passear, ir ao cinema dos bem-te-vis, aproveitando o dia de sol.

Então, resolvi ouvir as sonatas de Bach para flauta e cravo – e a flauta cantava como um pássaro e o cravo parecia uma grade de prata sobre a sua voz. E assim me fui entretendo nesse ouvir e interpretar, e o sol terminou a sua viagem, a noite envolveu-nos de frio, os bem-te-vis já não discutiam mais. Bach reinava sozinho e eterno, numa divina solidão.

Não creias nos teus olhos

Os velhos sábios nos ensinam a desconfiar do que vemos. Não basta ver para crer: somos de tal modo sujeitos a ilusões que, além de ver, convém-nos verificar. E Deus sabe se até no verificar acertamos!

Pois nós estávamos num restaurante em São Paulo, quando ainda são poucos os fregueses e podem ser minuciosamente contemplados, e o meu companheiro disse-me: "Olha o belo bandeirante que ali está sentado!". Era mesmo o bandeirante que nós imaginamos, grande e forte, capaz de subir e descer muitas montanhas e atravessar muitos rios, sem fome, sede, sono ou cansaço. Não tinha botas de sete léguas: mas também para que, com tanto ânimo e disposição, precisaria delas?

De costas para nós estava a sua companheira, toda de seda azul vestida, com uns longos cabelos soltos que lhe desciam muito abaixo dos ombros. Achei natural que um bravo bandeirante trouxesse consigo uma formosa índia. Essa índia tinha cabelos longos e lisos, mas louros como todo o mundo sabe que são os trigais, e com esses reflexos preciosos que todo o mundo sabe possuir o ouro, causa de tão infinitas aflições.

Não tenho notícia de índias louras no Brasil; mas as mulheres sabem tantas coisas para se fazerem mais lindas ou mais estranhas que talvez alguma entendesse já, outrora, dessas artes que hoje sustentam em todo o mundo a vasta e próspera corporação dos cabeleireiros. Continuei a estudá-la. A índia loura comia com garfo e faca, muito direitinho. (Mas as mulheres aprendem tudo tão depressa!) Não devia estar saboreando nenhum bracinho de criança, pois aquele era um restaurante sério, moderno, de pratos complicados. Nem seria paca ou tatu o que a minha índia loura comia com tanta perfeição. Mas o prazer com que de vez em quando, apesar da faca e do garfo, lambia a pontinha do dedo mínimo era uma prova indubitável de que, com aquela formosa cabeleira loura, tinha vindo mesmo da selva, onde os passarinhos e borboletas deviam estar morrendo de saudades suas.

Tão índia era a moça vestida de seda azul que, de vez em quando, tirava os pés de dentro dos sapatos, embora com muito jeito e civilidade; e o calor que lhe devia estar causando aquele vestido era tão grande que às vezes se abanava com o guardanapo. Um pequeno lapso na etiqueta; mas uma confirmação a mais da sua origem. E quando os seus louros cabelos, embora tão lisos e longos, me procuravam dissuadir dessa origem, eu recordava todos aqueles franceses que andaram aqui pela costa, e que talvez já tivessem dado perucas louras aos índios, em troca de saguis, ou fizessem, com o pau-brasil, intercâmbio de tinturas de cabelo. Os franceses sempre foram famosos no assunto; e até hoje, nos mais variados lugares, quando um cabeleireiro de senhoras quer fazer publicidade de sua competência, batiza logo o seu salão com um nome que lembre a doce França.

A moça tinha muitos berloques pelo pescoço e pelos braços; o que estava perfeitamente de acordo com a origem que eu lhe atribuía. Pois não foram também os franceses os primeiros a trazerem miçangas e vidrilhos para as jovens que tão artisticamente se enfeitavam ao longo destas praias, à sombra destas árvores, entre serpentes e flores?

O bandeirante falava-lhe com a ternura de um pioneiro, de um descobridor, de um andarilho em férias: depois de tanto escalar montanhas, atravessar vales e rios, pensar em onças e cascavéis, é muito agradável sentar diante de uma limpa e farta mesa, onde brilham vidros, louças, metais, e saborear coisas complicadas, com muito queijo e muito tomate, tendo ao lado a índia carinhosa, que meigamente deixou a sua taba, a sua mandioca, e veio, por amor, fazer o sacrifício de enfiar um vestido (mesmo de seda pura e azul celeste) e acertar os seus pés, livres e ágeis, em sapatos de salto alto. Mas o amor faz prodígios, realiza impossíveis. E por um bandeirante assim!...

Na verdade, as minhas consideraçoes eram um pouco anacrônicas: não duvido que ainda haja muitos bandeirantes atravessando estes brasis com o mesmo fervor de outrora; mas não sei se ainda há tantas índias com suas tabas e redes e mandiocas, como nos velhos tempos. Aquilo deviam ser fantasias de carioca, pensando no quarto centenário do Rio de Janeiro...

Foi quando chegou o nosso amigo, e disse, num sorriso: "Eu já venho bater um papinho com vocês: primeiro, vou ali cumprimentar aquele casal italiano..."

Festa

Entre muros brancos de fortaleza, o som do piano. A sombra do piano projetada nos muros brancos, desconforme. Duas mãos pequenas fazem toda aquela música, rumorosa, grandiosa: aquele oceano sentimental.

É um mundo de cravos vermelhos presos em fitas douradas; de rendas, de joias enormes.

Os parapeitos derramam-se para a noite, para o espaço, para a Via Láctea. E as moças nos parapeitos são outras Vias Lácteas, são cometas diáfanos, com seus longos vestidos vaporosos, seus cabelos em nuvem, a fosforescência da sua ornamentação.

Em toalhas de renda com laços cor-de-rosa, iremos comer manjar branco, com umas colheres de prata que a luz fosca dos grandes lampiões converterá em longos peixes esguios, de cauda blasonada.

A noite cálida tem uma frescura subterrânea, em redor dessa mesa descomunal, de um tempo de fidalgos gigantescos, treinados em cavalgadas, caçadas, espadas - mas também com certo requebro lânguido, fadigas saudosas de linhos macios, cristais lapidados, sestas, leques, refrescos...

A dona da casa é uma rainha de raça misteriosa, toda enrolada em seda branca das espáduas à ponta dos pés. Com diadema de rosas e diamantes, continuará sentada em seu trono - que é uma enorme cadeira de balanço - de onde acompanhará vagamente a apaixonada cadência do piano e o movimento geral da festa.

E uns rapazes de cabelos cetinosos, com grandes olhos do século XVI, virão servir em frágeis porcelanas um café que perfuma o palácio, a ilha, o mar. E com o café, o açúcar, o tabaco, as bebidas ardentes recordarão que estamos num lugar de palmeiras e canaviais, com tapetes de areia morna franjada de espumas verdes e azuis.

É um mundo de cravos vermelhos, de luzes antigas, de espelhos suntuosos, por onde deslizam pessoas fora do tempo, que ao som do piano se tornam completamente irreais.

Do lado da terra, ouve-se o abafado planger da fonte, em sua bacia de pedra. Os insetos zunem, estalam, ciciam: há uma teia de músicas a estender-se na sombra.

Do lado do mar, uma solidão imensa, e o luar nas águas.

Há uma angústia de perfumes, uma excitação romântica, uma sensação de ternura e fatalidade, como se esta noite fôssemos todos morrer de amor.

Mas talvez seja apenas porque o palácio tem estes muros grossos de fortaleza, e em redor é a noite, e em redor é o mar – e o piano canta uma espécie de melancolia que transforma a festa numa cerimônia humana muito pungente, sem nada do cotidiano, mas só de memórias e desejos essenciais.

Escola de bem-te-vis

Muita gente já não acredita que existam pássaros, a não ser em gravuras ou empalhados nos museus - o que é perfeitamente natural, dado o novo aspecto da terra, que, em lugar de árvores, produz com mais abundância blocos de cimento armado. Mas ainda há pássaros, sim. Existem tantos, em redor da minha casa, que até agora não tive (nem creio que venha a ter) tempo de saber seus nomes, conhecer suas cores, entender sua linguagem. Porque evidentemente os pássaros falam. Há muitos, muitos anos, no meu primeiro livro de inglês se lia: "Dizem que o sultão Mamude entendia a linguagem dos pássaros...".

Quando ouço um gorjeio nestas mangueiras e ciprestes, logo penso no sultão e nessa linguagem que ele entendia. Fico atenta, mas não consigo traduzir nada. No entanto, bem sei que os pássaros estão conversando.

O papagaio e a arara, esses aprendem o que lhes ensinam, e falam como doutores. E há o bem-te-vi, que fala português de nascença, mas infelizmente só diz o seu próprio nome, decerto sem saber que assim se chama.

Anos e anos a fio, os bem-te-vis do meu bairro nascem, crescem, brigam, falam... - depois deixam de ser ouvidos: não sei se caem nas panelas dos sibaritas, se arranjam emprego, se viajam, se tiram férias, se fazem turismo. Não sei.

Mas, enquanto andam por aqui, são pacientemente instruídos por seus pais ou professores, e parece que, tão cedo começam a voar, já vão para as aulas, ao contrário de muitas crianças que antes de irem para as aulas já estão voando.

Os pais e professores desses passarinhos devem ensinar-lhes muitas coisas: a discernir um homem de uma sombra, as sementes e frutas, os pássaros amigos e inimigos, os gatos - ah! principalmente os gatos... Mas essa instrução parece que é toda prática e silenciosa, quase sigilosa: uma espécie de iniciação. Quanto a ensino oral, parece que é mesmo só: "Bem-te-vi! Bem-te-vi!", que uns dizem com voz rouca, outros com voz suave, e os garotinhos ainda meio hesitantes, sem fôlego para três sílabas.

Antigamente era assim. Agora, porém, as coisas têm mudado. Certa vez, quando pai ou professor ensinava com a mais pura dicção: "Bem-te-vi!" – o aluno, preguiçoso, relapso ou turbulento, respondeu apenas: "Te-vi!". Grande escândalo. Uma pausa, na verde escola aérea. "Bem-te-vi! Bem-te--vi!", tornou o instrutor, com uma animação que se ia tornando furiosa. Mas os maus exemplos são logo seguidos. E a classe toda achou graça naquela falta de respeito, naquela moda nova, naquela invenção maluca e foi um coro de "Te-vi! Te-vi! Te-vi!", que deixou o próprio eco muito desconfiado.

Essa revolução durou algum tempo. A passarinhada vadia pulava de leste para oeste a zombar dos mais velhos. "Bem-te-vi!", diziam estes, severos e puristas, tentando chamá-los à razão. "Te-vi! Te-vi!", gritavam os outros, galhofeiros, revoltosos, endoidecidos.

Passou-se o tempo necessário ao aparecimento de uma nova geração. E então foi sensacional! Os passarinhos mais recentes ouviam aquele fraseado clássico dos avós: "Bem-te-vi! Bem-te-vi!" – e deviam achar aquilo uma língua morta: o latim e o sânscrito lá deles. Depois, ouviam a abreviatura dos pais: "Te-vi! Te-vi!". Mas acharam muito comprido ainda. (Que trambolho, a família!) E passaram a responder, por muito favor, "Vi! Vi!". Muito mais econômico. Afinal, pelos ares não voam mais anjos e sim aviões a jato...

"Bem-te-vi!", exclamam os anciãos, com sua dignidade ofendida. "Te--vi!", respondem os filhos revoltosos. E os netos, meio chochos: "Vi! Vi!".

Quanto aos bisnetos, vamos ver o que acontecerá. Talvez os professores mudem de método. Talvez mude o ministro. Talvez os tempos sejam outros, e a passarinhada volte a ser normal, ou deixe de falar, só de pirraça, ou invente – quem sabe? – uma expressão genial. E também pode ser que não haja mais bem-te-vis.

Centenário de Okakura Kakuzo

O ano de 1962 foi rico de centenários. E nesse ano comemorou-se o de Okakura Kakuzo, um japonês que, entre outros estudos sobre o seu país, publicou um delicioso livrinho simplesmente chamado: *O livro do chá*. Não se trata apenas de uma informação histórica sobre a origem e as diferentes formas de uso da antiga e preciosa bebida, mas de um verdadeiro compêndio de civilidade, e de um pequeno manual de filosofia e de estética, no que se refere às cerimônias que o Japão criou, como um delicado rito, para o requintado prazer de degustar uma taça de chá.

Nesta era de refrigerantes vulgares e apressados, falar na solenidade da etiqueta do chá, na importância da sala onde é servido, na cor e na qualidade da taça, no conhecimento da folha empregada, na água e no seu adequado ponto de ebulição - parece um desperdício de palavras sobre um motivo insignificante. Ai de nós!, que vamos perdendo a capacidade de apreciar a sutileza das coisas, que nos vamos tornando pouco a pouco bárbaros, por uma vasta dispersão no complexo mundo que nos cerca. Mal sabemos parar e refletir. Mal sabemos ver. As pequenas coisas não nos revelam mais os seus doces segredos? Ou os nossos ouvidos endureceram para a sua misteriosa voz?

Com Okakura Kakuzo aprendemos que o chá é uma obra de arte e que no seu serviço há uma disciplina, uma harmonia, um ritmo que são manifestações de beleza exterior e interior; e que o ritual japonês que lhe foi dedicado representava o culto da pureza e do requinte entre o dono da casa e os seus convidados. Ambiente de luz discreta; a música da água a ferver num recipiente especialmente preparado para poetizar o som da fervura; roupas de cores suaves completam o sentido da arquitetura do Pavilhão do Chá, cujo teto de colmo sugere a fugacidade das coisas, como a sua fragilidade e leveza estão representadas pelos delicados pilares e as traves de bambu.

Essas condições de evanescência exprimem o que o Japão fez do chá, desde que, de antiga medicina chinesa, se converteu em bebida repleta de símbolo, "o culto do Imperfeito": por ser "um esforço para realizar qualquer coisa *possível* nesta coisa *impossível* que sabemos ser a vida".

Através do seu livrinho, Okakura Kakuzo nos oferece a imagem de um Oriente gentil, atento a sentir a "grandeza das pequenas coisas": essa valorização do pormenor, que exige tranquilidade e doçura, e que o Ocidente vai esquecendo, assaltado por impulsos bravios e turbulentos.

Na confusão dos dias de hoje, as páginas de *O livro do chá* são como um último convite à harmonia do homem consigo mesmo e com os seus semelhantes; elas representam um ato de bondade, pelo que nos ensinam; embora, depois da sua leitura, possamos sentir alguma tristeza, diante do que vemos no mundo, sabendo o que poderíamos ver.

Na sua simplicidade, este livrinho vale por muitas obras de maior pretensão. E basta para dar imortalidade a um autor que teve a sorte de viver o que deveria ser o limite de bom gosto da vida humana: apenas meio século; de modo que, ao celebrar-se o seu centenário de nascimento, já se está a ponto de celebrar também o meio centenário de sua morte.

Chegada da Primavera

Não podemos andar distraídos; mas a trepadeira da casa abandonada, de dentro do seu verde silêncio, começa a oferecer ao dia radioso suas grandes campânulas roxas, delicadamente modeladas e pintadas. Também os lírios amarelos e alaranjados desenrolam suas sedas franzidas, lentamente, cuidadosos, para que não se rompam em nenhuma prega e encham de estrelas perfeitas todo o jardim. De mil arbustos diferentes vão aparecendo inflorescências coloridas e perfumosas, que até ontem jaziam adormecidas no segredo dos caules e das hastes e agora desabrocham em pequeninas pálpebras multicores.

Jardins, campos, matas sabem que chega a primavera. As obscuras raízes preparam esta festa floral: seus negros dedos diligentes, mergulhados na umidade do chão, catando na terra invisível os elementos criadores, organizando os seus diagramas, obedecendo à sua condição, expõem agora à luz do sol e aos olhos humanos as sutis invenções vegetais que nos deslumbram, mesmo sem refletirmos no que significam e de que maneira se realizaram.

Cada pequena flor é um reino maravilhoso, diante do qual paramos, confusos de ignorância. Contemplamos bem estes veludos e sedas que uma imperceptível transpiração brune de transparente prata. Miremos o desenho destas finíssimas veias, dispostas com perfeição matemática. Pensemos nestas sutis determinações da vida que engendra seus jogos imaginativos numa sucessão de números certeiros, de exato ritmo, como é da essência de todas as coisas autênticas. A flor está feita só de elementos indispensáveis: e parece apenas um sonho, uma fantasia, um extravagante ornamento. É música, por suas leis de harmonia; é poema, pela inspiração de sua aparente estrutura. Mas em sua profundidade, em seus compromissos de origem é verdade, ciência, sabedoria. Por um longo caminho vem até nós dos abismos do Universo. É a imagem da Vida inexplicável, a representação do Nascimento.

Assim chega a primavera. Abelhas e borboletas penetram esses recessos de pólen, pousam nessas coroas de ouro, nesses lustres minúsculos, nesses pingentes frágeis.

Uma cigarra que ia começar a cantar, deteve-se: não, cigarra, ainda é um pouco prematuro o teu volumoso canto. A hora é dos leves passarinhos, da diligente abelha, da inquieta borboleta silenciosa. Cantarás no ardente verão: que é apenas a primavera, de perfumosa brisa.

Querida música

O Brasil revoltado levantou-se e os ares se encheram de músicas militares. Fez-se no meu coração uma grande alegria: abriu-se um claro espaço nos olhos que um dia foram meus e a vida recomeçou num compasso de esperanças, que eram tão nítidas e luminosas antes de se desgastarem no fio contínuo, corrosivo, de longos acontecimentos.

Ah! Sim, aquelas esperanças eram a própria felicidade (sem esse nome, sem nome algum), quando ainda se sabia tão pouco da vida, do mundo e das ideias, e a existência era uma espécie de sonho que se ia descobrindo, com a aquisição de novas perspectivas, cada dia, como de sucessivas varandas vão sendo avistadas as distâncias da serra até o horizonte, e do horizonte adivinhadas até o infinito.

Nessa hora maravilhosa dos descobrimentos intervém Pedrina, musicalmente. Em certos dias, à noitinha, as bandas tomam assento nos coretos. Os instrumentos reluzem e parecem enormes, enormes e de formas prodigiosas, aos olhos inocentes das crianças. São objetos de ouro, fantásticos: enrolados como cornucópias, uns; direitos como espadas, outros; os músicos sabem o lugar de cada som e, com dedos ágeis e bochechas que incham e desincham, começam a tocar para o auditório que passeia pela praça, que se detém sob as árvores, diante do coreto, à beira das calçadas...

A sábia Pedrina conhece coretos, bandas, repertórios e músicos. Tudo lhe é tão familiar como se tivesse vivido sempre cercada por aqueles instrumentos, conhecendo o valor de cada um para a execução daquelas marchas. Creio que para ela, para o seu plácido rosto, sorriam, às vezes, os músicos de cara lustrosa, brancos, pretos, mulatos, que também, na imaginação das crianças não faziam nada mais em toda a vida senão tocar as suas músicas e, uma vez ou outra, nos intervalos, enxugar o suor, devagar, pela testa e pelo pescoço.

As crianças aprendiam aquelas músicas, que os meninos assobiavam depois, ao longo das ruas, e as meninas tentavam reproduzir inabilmente, soprando sobre um pedaço de papel de seda esticado num pente. Felizes tempos! Aqueles ritmos marcavam o andar, estavam incorporados ao nosso pulso, comunicavam entusiasmo, aprumo, alegria - e a vida parecia uma grande festa, sob as vagas luzes da praça, quando todos sorriam uns para os outros, sem motivo algum, apenas como a indicação de uma solidariedade humana e natural.

Pedrina ensinava de ouvido as voltinhas que davam as melodias, enroscando-se como cipós, subindo e descendo, em graves e agudos; e fruía profundamente aquele emaranhado de sons de que se destacava uma frase constante, altaneira e gloriosa, como convite para extraordinárias realizações.

As crianças iam para casa antes que as bandas se retirassem dos coretos. E, por serem crianças e sonhadoras, imaginavam que a noite inteira os músicos ficavam ali, com seus instrumentos dourados, suas fardas vistosas, de largo cinturão - e que naquela pracinha todos continuavam a passear e a sorrir, e que seria eternamente assim.

Mas não foi assim eternamente. Dos coretos, das festas da igreja, das alvoradas aos generais, foram os músicos desaparecendo. As modas foram sendo outras. As crianças também. As crianças antigas cresceram, estudaram muito, perderam aquela ingenuidade que as deixava deslumbradas diante das músicas dos coretos. E Pedrina diluiu-se entre as estrelas, com suas melodias cobertas de sorrisos.

Eis que, de repente, o Brasil se alvoroça e os ares se enchem daquela música de outrora e de sempre, com suas volutas graves e agudas, sua cadência nos vai conduzindo por um mundo admirável, onde tudo é perfeito, onde as criaturas todas adquirem aquela bondade mansa, aquela ternura de épocas mais amenas, quando todos acreditávamos uns nos outros, e nos sentíamos unidos, amigos, irmãos - e o futuro não era uma sombra indecisa, mas um sol radioso à espera de nossa passagem.

Querida música a falar sem palavras, a deixar que, com palavras nossas, a interpretemos. Querida música saudosa e incansável, a chamar-nos para lugares felizes, tempos felizes, a ressuscitar os que antigamente sopravam de suas cornucópias de ouro, derramando alegrias, e os que sorriam, extasiados, acreditando naquela proclamada felicidade, de coração tranquilo, num mundo de puro amor. Querida música! Por dentro dela aparecem velhos e crianças, namorados, conhecidos, amigos, a pequena luz da noite, e o sonho de ir caminhando, nesse ritmo, para longe, para muito alto, sem adeuses, pois íamos todos juntos e nem podíamos pensar em separações!

Canções de Tagore

Uma noite, na Índia, éramos quatro pessoas numa praia absolutamente deserta, iluminada apenas pela claridade do céu. Íamos andando em direção ao mar, sem sabermos bem dos limites da areia e das águas. O som das ondas e o pequeno arabesco branco da espuma conduziam nossos lentos passos: e era como se fôssemos pouco a pouco saindo deste mundo.

Foi quando Maria, minha amiga recente, que aparecia na noite envolta em seu sári branco e azul como uma pequena santa; Maria - minha amiga cristã que devia casar uma semana depois, sem que eu a pudesse ver no dia do seu casamento - perguntou-me por que não cantávamos um pouco: a noite era bela, a solidão profunda, e nós estávamos felizes naquele instante, como se desde sempre nos tivéssemos conhecido e tivéssemos sido amigos desde sempre.

> (Neste lugar só de areia,
> já não terra, ainda não mar,
> poderíamos cantar.)

A Índia é um país de ritmos lentos e versos longos. Suas extensões convidam a uma fala poética vagarosa; mesmo quando as palavras são rápidas, a frase é prolongada e sustentada; as imagens acorrem, deslumbradas; como os grandes rios, como as árvores compactas, a poesia indiana e a sua música têm uma densidade interminável. Como o próprio giro da vida, não parece haver, para elas, terminação, conclusão, fim - mas sempre e sempre continuação, encadeamento, num movimento circular sem interrupção.

Embora sentindo tudo isso, animei-me a cantar pequenas canções populares, coisas despretensiosas do nosso folclore, simples amostras do nosso ritmo e da nossa melodia.

Depois, Maria começou a cantar. Cantava em bengali, com aquela emoção que faz parte da música oriental: sua voz tênue, vaporosa, incorporava-se ao mar, às estrelas. E ali sentados na areia, longe de casas, de ruas, de todas as presenças, íamos sendo levados pela sua voz ao longo da noite, ao longo do céu, ao longo do mar.

Eu tinha traduzido as minhas simples canções. Ela traduziu-nos as suas. As suas eram de Tagore. Falavam do amor humano e divino, e guardavam sempre nas palavras aquela dignidade religiosa que caracteriza a obra do poeta. Ele escreveu a letra e a música de tantas canções, que parece impossível a riqueza criadora do seu espírito. E essas canções circulam pela Índia toda, de tal maneira o Poeta estava identificado com a sua terra. Talvez muita gente nem saiba de quem é a canção que está cantando, aqui e ali, na imensidão da Índia. Mas todos encontram nas suas palavras a expressão da sua vida.

Recordei tudo isto agora porque, entre as celebrações do centenário de Tagore, ocorrido há dois anos, figura uma edição de cem das suas cantigas, acompanhadas da tradução inglesa e em notação ocidental. "Bendita é a noite; bela, a natureza..." diz uma delas. E ouço muito longe a voz de Maria

na praia do fim do mundo
que não guardará de nós
sombra nem voz.

Tédio de comprar

Eu gostava daquelas casas comerciais que tinham orgulho da sua tradição. "Fundada em 1850..." Faziam-se as contas: "Há quase um século, hein?". E sentia-se certa veneração por aquelas prateleiras, balcões, objetos. Os próprios donos e os seus empregados pareciam vir da mesma data da fundação, pelas suas maneiras tão pacientes e corteses, pelo seu gosto de explicar aos fregueses as qualidades e vantagens da mercadoria com que lidavam, misturando ao seu interesse de comerciantes um carinho de artista e de namorado. Já existiu gente assim!

Já existiu gente assim! - e sua história sem brilho nem estardalhaço não dá para uma epopeia, mas serve para alimentar a secreta poesia das crianças que tiveram ocasião de ver esses adultos, discretos e afáveis, que ensinavam a admirar suas louças, seus perfumes, seus tecidos, que estabeleciam, entre a sua pessoa e a do comprador, uma comunicação amistosa, e até por vezes estética e erudita, diante de um livro, de uma gravura, de uma joia.

Essa gente tinha um ar extremamente modesto - como ainda tem, nos lugares do mundo onde pode ser encontrada. Não tinham pretensões de vestir nem de se aformosear. Não eram eles que estavam em jogo, mas os produtos da sua casa. Apagavam-se, para que esses artigos brilhassem; e devia ser grande amargura, na sua vida, não encontrarem com que seduzir o comprador exigente.

Hoje, onde se encontram, por aqui, as casas tradicionais? Onde está o chapeleiro que tire com um gancho, lá do alto, lá de cima, a caixa onde vai aparecer o mais belo chapéu do mundo? Onde está o livreiro que possa dar um pequeno curso de literatura para recomendar ao cliente o autor que lhe convém? Onde está o vendedor de cristais extasiado com a transparência de seus copos, com a esbelta linha de suas compoteiras e fruteiras?

Agora as lojas duram o tempo de uma pequena aventura. Até as ruas se tornam desconhecidas por essa incansável mudança das casas comerciais.

Que se encontra, nas lojas? Nunca o que se procura. As vitrines são chamarizes de coisas inexistentes. O que ali se exibe já está vendido, não há outro igual nem parecido, talvez se receba na semana que vem, mas não é certo... Os jovens vendedores estão preocupadíssimos com o seu clube, e desejam ardentemente que não apareça nenhum freguês importuno que interrompa a sua conversa com o companheiro. As jovens vendedoras estão preocupadíssimas com seus cabelos, com suas unhas, com seus amores, e nunca entendem a linguagem de quem fala. "A senhorita não terá isto mesmo em azul?" "Devo ter..." E cantarolando vai buscar displicente uma coisa que além de ser outra é amarela.

Que tédio, comprar! Que aborrecimento!

Da gula bem temperada

As pessoas que, por qualquer motivo, se encontrarem em severo regime alimentar, devem procurar ler velhos livros de culinária para se distraírem com as apoquentações das complicadas receitas de outros tempos. A lista dos ingredientes já nos deixa pensativos, comparada às restrições de hoje, e às peculiares restrições de cada um. Fica-se, depois, sem saber de onde sairiam os artistas capazes da execução de pratos tão difíceis. E, finalmente, ocorre-nos a pergunta: como podiam os convivas desses banquetes sobreviver a tão tremendas provas? É certo que neste livro que vou folheando já encontro esta observação (não direi poética, mas rimada): "Bolos podres e d'ovos massapões,/ Perdoa-se até trinta indigestões".

Este é o *Cozinheiro imperial*, não muito antigo, pois apareceu em 1840, e muito apreciado, pois em 1890 alcançava a 11ª edição, o que, para o seu tempo, era bem significativo. E o que então se entendia por um banquete, com tantas sopas e perdigotos e pombos e patos, vitelas e cabritos, empadas e perus, lombos, salpicões e coelhos, perdizes e tutanos, deve deixar estarrecidos e humilhados os glutões de hoje, sem falar nos manjares, tortinhas, bolinhos, pastéis, melindres e biscoitos com que terminavam essas festivas reuniões em redor das imponentes mesas.

O autor (que se escondeu sob três iniciais), além da arte da cozinha – talvez até mais difícil... –, tinha suas inclinações para a arte literária; de modo que, com alternativas de inspiração, entremeava suas receitas de conselhos ou observações em verso, que deviam divertir imensamente os nossos bons avós, ainda isentos destas grandes tensões que ora devastam o mundo. Assim, depois de ensinar a preparar um doce de flor de laranja, o autor recomenda que o deixem esfriar e o sirvam "Na primeira ocasião/ Que apareça um golotão!". Seu vocabulário seria muito apreciado pelos realistas de hoje: "As Argolinhas d'amêndoas,/ Dos grãos as Empadinhas,/ Os gostosos Esquecidos,/ São às tripas maravilhas".

Mas às vezes o autor se faz muito galante, e diz, ao falar de uns bolinhos chamados "raivas": "São raivas, sim, porém que nos dão gosto,/ Quando por mãos d'anéis é seu composto". (Pode não ser muito claro, mas é compreensível. E os poetas, sobretudo os culinários, devem ser adivinhados e subentendidos...) Gosta igualmente de trocadilhos, quase no estilo dos concretistas, pois, ao falar do doce "fartes", diz isto: "Tantos comas que te fartes,/ E sem ser cousa de espantos,/ De fartes farta a barriga,/ Festeja a festa dos santos".

Mas essas delicadezas rimadas (salvo erro no folhear o livro) o autor as associava às sobremesas, que talvez lhe parecessem a parte mais poética dos banquetes. Havia, porém, invenções diversas, tão longas de executar que se imaginaria um mundo especial, só de cozinheiros limpando, aparando, temperando, refogando, assando, fritando, cozinhando, dentro de enormes labaredas ou sobre adormecidas brasas todas as espécies de alimentos que se encontram, com maior ou menor facilidade, ao alcance dos homens. Mas uma das receitas que mais me impressionaram foi o "Guisado particularíssimo", que começa numa azeitona e acaba num pavão. Recheia-se a azeitona com alcaparras e anchova, e com ela se recheia um passarinho. Com ele se recheia uma cotovia, com a cotovia um tordo e com este uma codorniz. Assim se vai continuando, a codorniz num pardal, o pardal num perdigão, depois uma galinhola, uma franga, um pato, um faisão, um ganso, e, por fim, um pavão. Os vazios são recheados com cogumelos, tudo é cozido numa caçarola com muitos temperos, e leva essa mistura, ao fogo, nada menos de 24 horas. O maravilhoso seria que, posto o prato na mesa, ou na bandeja do copeiro, começassem as pobres aves a ressuscitar, uma após outra, e voassem e cantassem segundo a sua condição. Mas a receita não fala nisso. O prato era mesmo para comer. E não sei como seria trinchado. Tem-se a impressão de que o autor estaria familiarizado com essas engenhosas esculturas de marfim que se fazem no Oriente, e que saem uma de dentro das outras, como nas *Mil e uma noites*, e em outras coleções orientais, as histórias também vão sendo geradas umas das outras, numa interminável sucessão.

O autor ensinava também a fazer refrescos e sorvetes e é com uma dessas receitas que termina o livro, fechando-o com dois versinhos gentis: "Meigo e doce, aqui dou meu fim,/ Chorai, golosos, que gostais de mim!".

Nós, os não *golosos*, sorriremos, despedindo-nos do "meigo e doce" livro. Que pensaria o autor, se visse os netos dos seus velhos leitores comendo sanduíches e cachorros-quentes?

Os saltimbancos

"Desde que os saltimbancos entraram na nossa aldeia", disse-me a triste mulher, "não nos entendemos mais. As crianças foram as primeiras seduzidas: não querem mais saber de escolas nem de livros, puseram-se a rodar em torno daqueles carros, todas querem agora subir por cima de cadeiras e mesas, trepar em mastros, fazer mágicas com as mãos e andar na companhia de ursos e macacos.

"Os rapazes e as moças, que trabalhavam com atenção e se divertiam com muita gentileza, não querem saber de uma coisa nem de outra: acham melhor a aventura, querem subir por trampolins, dizem que se ganha muito mais dinheiro com essas facilidades, e acham que a vida não tem sentido nenhum, e que a felicidade é ganhar e gastar dinheiro apenas. Nem há mais namorados, o casamento - dizem eles - é um costume fora da moda; o lar é uma trabalheira sem fim. Todos aderiram aos saltimbancos, querem dormir em tendas, debaixo de toldos, em cima de qualquer pedra ou de um saco de palha: qualquer coisa que não se precise limpar nem cuidar. Querem dormir todos juntos, em promiscuidade (acham que é fraternidade), sentem-se muito bem na imundície e já nem catam os piolhos, porque isso é uma grande maçada.

"Os homens maduros, que deviam ter mais juízo, coçam a orelha, perturbados. Eles não querem que os mais moços tomem a dianteira, nem estão dispostos a trabalhar pelos que agora querem ser palhaços. Não é que eu concorde: mas lá do seu ponto de vista, acho que têm razão. Porque os filhos, que se fizeram assim marotos, quando lhes aperta a fome ou a canseira, aparecem pela casa, e, como se fossem eles os seus verdadeiros donos, põem-se a fazer contas assim: 'Ó pai, aquele seu relógio dava uns bons cobres... aquela mala, aquela prateleira, aquela cômoda...' Reduzem tudo a dinheiro, como num leilão. E diante daquele inventário, os mais velhos ficam com a pulga atrás da orelha, vendo que, ainda vivos, já estão assistindo às partilhas que se costumam fazer depois da morte. Pois então é melhor fazer de morto, e não trabalhar mais.

"Agora os velhos, sabendo que vão morrer daqui a pouco, creem mais divertido contemplar o espetáculo, embora um ou outro lamente que os seus filhos e netos achassem melhor ser saltimbancos do que ter um ofício mais útil e mais honrado. Mas os filhos e os netos vão embromando os velhos: 'Não pense assim, vovozinho; agora, os tempos são outros; ganha-se muito mais equilibrando um prato no nariz que martelando o metal para fazer o prato!'. O avô fica meio triste, porque a nossa aldeia fazia os mais belos pratos do mundo. E pergunta: 'Tu também fazes dessas pelotiquices?'. O neto responde: 'Eu não: eu falo para o povo'. 'E que dizes?' 'Conto mentiras. Quanto mais impossíveis as mentiras, mais o povo gosta. Riem-se como loucos, batem com os pés, uivam... Gostam muito, mesmo. Se me pudessem pôr as mãos em cima, destroçavam-me com beijos e abraços!'

"Às vezes, algum avozinho diz: 'Como está diferente a aldeia! Éramos tão sérios, tão bons! Como foi que mudamos tanto?'. Depois é que se lembra: foram os saltimbancos! Os saltimbancos começaram fazendo algumas graças. Depois, tomaram conta da aldeia. Agora que já ninguém quer trabalhar, como irão viver? De pilhagem? É preciso enxotar os saltimbancos, dizem os velhotes.

"Mas os rapazes e as crianças estão fazendo barricadas para os saltimbancos não deixarem a aldeia" - disse-me a triste mulher, sentada à porta da sua triste casa.

Jardins

Não posso esquecer os jardins da Índia: o do palácio do governo, o da casa de Nehru, o do Hyderabad Palace, onde moravam os visitantes oficiais. Desenhos de canteiros entrelaçados de pequenos canais, jorros d'água, flores nunca vistas no Ocidente, trepadeiras perfumosas por cima dos muros, lagos com lótus: um primoroso mundo de cores de que são pálidos retratos os mais deslumbrantes tapetes. E os jardins públicos, tão frequentados pelas famílias, com as crianças extasiadas diante de flores tão minuciosamente inventadas, e de pássaros mansos, que não receiam nenhuma agressão, e não abandonam os seus lugares quando alguém aparece.

Não posso esquecer também as flores extraordinárias da Holanda, de cores imprevistas, de inesperado tamanho, e que estão sempre às janelas, sob o ângulo das cortinas cruzadas, como estão até nas repartições públicas e em certas vitrines, compondo quadros surpreendentes: quem pode esperar que um açougueiro exponha uma peça de carne colocando-a, com grande sensibilidade artística, ao lado de um vaso de flores revoltas, que logo nos fazem pensar em Van Gogh?

Na Holanda, como no Oriente, há quem saiba verdadeiramente amar as flores. Em algumas cidades, as paredes que margeiam os canais têm espaços para flores: por lá ficaram muitas vezes meus olhos, encantados com essa delicadeza, esse amor, esse respeito. Alguém ousará jamais tocar nas pequenas flores dos canais da Holanda?

Muita gente prefere, nos Estados Unidos, as grandes cidades, com suas construções gigantescas, o cimento e o aço sustentando a imponência de arranha-céus e pontes, na orgulhosa demonstração do que o homem é capaz de construir. Mas, nas cidades menores, há milhares de jardins deliciosos, com as mais variadas flores e ainda as experiências de flores novas de que as pessoas se ocupam com o maior carinho.

Os jardins do Rio vão tristemente desaparecendo. As casas que os possuíam vão sendo substituídas por outras construções e cada palmo de terreno anda tão valorizado que é difícil encontrar quem o defenda para domicílio de uma planta. Assim, quem amar flores venha contemplar nas vitrines das lojas essas frágeis maravilhas que brilham tão poucos dias mas nos causam alegrias imortais. E não moram apenas nos olhos tais alegrias, mas na memória profunda, de onde às vezes assomam, com a cor, o perfume, a graça que lhes pertenceram. A sensação de beleza, o sentimento de perfeição que residem na harmoniosa arquitetura das flores são lições para a vida humana. Pudéssemos ser também assim, tão exatos como as flores em suas pétalas, tão silenciosos na realização de um destino impecável, e tão prontos para morrer no momento justo! Pudéssemos nós dispor dessa capacidade de comunicação tranquila, desse dom de mensagem sobrenatural que as flores possuem e que nos arrebatam deste mundo superficial e nos transferem para lugares mais distantes, mais altos, de onde avistamos tantas paisagens humanas e divinas!

Tudo isso me ocorre porque estou diante de uma flor. De uma simples flor, fiel à sua genealogia, à sua linguagem, ao seu prazo de vida. O momento da sua duração tem muitas profundidades: túneis que me levam para muitos lugares, muitas pessoas, em tempos diferentes. Enquanto admiro a flor solitária, e justamente a posso admirar melhor pela sua solidão, vem-me à lembrança a história do japonês que cultivava crisântemos. (Isso foi num jardim do passado, um jardim muito longe, cuja realidade já se converteu em símbolo.) Estava o jardim cheio de crisântemos, de tal maneira cheio de crisântemos, que um homem da corte, ao vê-lo, cai em deslumbramento, e avisa o jardineiro de que vai trazer o próprio Imperador para admirar as suas flores.

Vem, pois, o Imperador admirar os crisântemos de um jardim. Lamento não poder descrever a sua chegada, com o seu séquito, com todo o belo cerimonial que deve cercar um Imperador que, ao invés de pensar em batalhas, guerras, sangue, majestosamente se dirige para esse jardim de cujas flores teve notícia. Imaginem os senhores tudo isso, e a curiosidade dos que o rodeiam, e o antecipado prazer desse instante de beleza que cada um deseja e adivinha.

Mas o jardineiro pensou que aquela profusão de flores era excessiva, e impediria a visão exata da beleza de cada uma. E tranquilamente foi cortando as menos perfeitas, e deixou uma única, a mais bela, a mais digna de ser admirada pelo seu Imperador.

Assim estou (guardadas todas as distâncias), diante da minha flor solitária, que resume, na sua simples presença, muitos ramos, muitos jardins, muitos campos floridos. E contemplo-a com muito amor, porque amanhã certamente já teremos outro rosto; e ela não sabe, mas eu sei o que é, sobre qualquer rosto, a passagem de cada dia.

O tempo e os relógios

Creia-se ou não, todo o mundo sente que o tempo passa. Não precisamos olhar para o espelho nem para nenhum relógio: o tempo está em nosso coração, e ouve-se; o tempo está em nosso pensamento, e lembra-se. "Vou matando o tempo, enquanto o tempo não me mata" – respondia-me na Índia um grande homem meu amigo, cada vez que lhe perguntava como ia passando. E aquele menino Amal, da deliciosa peça de Tagore, imaginava que o guarda é que fazia as horas, quando batia no gongo: que quando o gongo soava a hora aparecia.

Em todo caso, esses são os tempos grandes. O tempo pequeno é o dos nossos relógios. Esses altos relógios que em todo o mundo batem as horas, inteiras e partidas em metades e quartos, são uma voz de alerta, um aviso inquietante mesmo para as simples coisas de cada dia: o horário de trabalho, dos transportes, dos múltiplos compromissos humanos. Para os estudantes que preparam exames, para os doentes que não sabem mais de quanto tempo ainda dispõem, a música dessas torres deve ser uma angústia ainda maior. A própria voz das esperanças e dos adeuses.

Agora pode-se ouvir o tempo anunciado até minuto a minuto, o que é muito cômodo para acertar relógios. O inconveniente é saber-se quantos anúncios comerciais podem caber num minuto, quantas palavras podem ser pronunciadas em tão curto tempo, e enfim o automatismo de que ficaria possuído o homem-relógio se tivesse de ficar toda a vida nessa função.

Felizmente, nem todos que pensam no tempo se lembram do relógio, e, por estranho que pareça, nem todos que pensam no relógio cuidam do tempo.

O moço perguntou-me: "A senhora esteve em Brasília?". Apenas porque o vidro do meu relógio estava nublado como um céu de chuva. Mas não, era poeira do Rio. Enquanto esperava pela limpeza, observei os vários problemas de outros relógios.

"Isto é uma peça muito fina, de estimação" - dizia um senhor cuidadoso. "Acontece que eu tenho este relógio" (e exibia o que levava no bolso), "que também é uma peça muito fina, igualmente de estimação. Por isso, não uso o outro. Mas trato muito bem dele. Dou-lhe corda todos os dias, como se o usasse. De três em três meses, faço uma verificação." O moço deve ter ficado comovido com essa história. Porque é um caso de amor, e um caso em que, por amor, o homem se converte em relógio do relógio.

Havia casos banais: mocinhas que perderam a pérola do relógio; outras que trocam a pulseira porque a moda é outra - nesses casos o tempo não tem nada com o relógio nem as donas sabem muito bem se o relógio serve para marcar o tempo. Dentro do mesmo grupo estava o casal de caboclos descontente com o relógio da sala de jantar. Casal progressista, que descrevia a mobília nova e se alongava nas razões pelas quais aquele relógio escuro parecia feioso com os móveis claros que acabava de adquirir. A esses só interessava, na verdade, a caixa do relógio. (Pensei numa empregada de outrora, que se guiava pelo céu, e um dia, chegando tarde ao serviço, pediu-me muitas desculpas: "Hoje, a estrela me enganou...".)

Duas velhinhas levaram para consertar o relógio tradicional: "Tem mais de cem anos" - dizia uma. "Ora, muito mais!" - acrescentava a outra. E explicavam ao moço: "Imagine o senhor que nossos avós ainda eram vivos!". E uma esclarecia: "Na fazenda! Nós tínhamos fazenda de café!"

Depois, havia a senhora inconsolável, que ganhou de presente o seu bonito relógio de ouro. Tão bonito, todo enfeitado. Andou dois dias - e parou. Ali estava na palma da sua mão, como um passarinho morto. E ela quase em lágrimas, esperando, confiando no moço - com aqueles ares de médico, assim de uniforme branco, assim de olhos penetrantes -, pedindo-lhe a ressurreição do relogiozinho...

Finalmente, houve o jovem marujo nacional, todo engomado, com a sua brilhantina e o seu dente de ouro, aguardando que acabassem as queixas do desportista, muito zangado, porque o seu relógio à prova d'água entrou pela piscina - e pronto! -, não funcionou mais. Dava socos na tampa, levava a máquina ao ouvido. "Veja! escute! não anda! não presta..." O moço explicou tudo etc., e então o marujo com toda a delicadeza, toda a graça e exatidão de uma natureza sensível, disse baixinho: "Este meu relógio está atrasando meio minuto em vinte e quatro horas".

Ora, esse sabia o que era o tempo, levava o tempo no seu relógio. Devia saber das estrelas que às vezes enganam, do mundo que engana sempre, e da vida que não engana jamais.

Aragem do Oriente

Estes dias de canícula trazem-me à lembrança os meses passados na Índia, com o termômetro ainda mais alto que o nosso e nenhuma promessa de chuva antes da estação própria. Em alguns lugares, a paisagem tornara-se de um cinzento esbranquiçado - ossos, cal, cinza. O peso do sol era o peso do céu. Diziam-me: "Quando chover, fica tudo verde".

Mas o indiano tem o prazer do ar livre. Os belos jardins públicos estão sempre povoados de famílias que espairecem, passeiam, contemplam as árvores, admiram as flores, maravilham-se com os jorros d'água, os lagos, a sombra, as cores... Ao ar livre trabalha muita gente: barbeiros, costureiros, latoeiros... Ao ar livre fabrica-se e vende-se, brinca-se, estuda-se, medita-se.

As casas foram pensadas para um clima assim. Os aposentos muito altos são rasgados por amplas janelas, grandes portas, e por cima delas, quase junto ao teto, ainda se veem aberturas que facilitam a ventilação. Portas e janelas são para estarem abertas, no verão, protegidas às vezes por leves cortinas, ou por esteiras que é costume molhar para favorecer a frescura do ambiente. Há palhas perfumosas, que, molhadas, recendem. Fazem-se também quiosques de palha trançada, em alguns lugares e nas casas modernas existem, naturalmente, grandes ventiladores suspensos do teto. O resto são varandas, cortinas que se levantam à menor brisa, e repuxos: ar e água, que com o rumor de seus jogos consolam e refrescam.

Por outro lado, a vida indiana é simples e plácida. A comida, leve, quase sempre reduzida a legumes e arroz, um pouco de peixe ou de ave. Muitas frutas: as mesmas frutas brasileiras que nos dão a impressão de não termos saído da terra: caju, manga, cocos, tamarindo, goiaba... E, finalmente, leite, coalhadas, queijinhos moles, creme.

Como o sol, a certas horas, é insuportável, há trabalhos que começam muito cedo, no campo; e nas horas mais quentes do dia um grande sossego de sesta envolve a natureza e as criaturas, principalmente nos lugares pequenos, onde a vida é menos intensa.

A vestimenta típica dos indianos, homens e mulheres, além de sua grande beleza, é a mais inteligente que se possa usar também no verão. O sári é um longo pano (que pode ir de simples tecido de algodão à seda, e à gaze mais primorosamente ornamentada) com que a mulher indiana faz, rapidamente, uma elegante saia, sem costura nem qualquer espécie de prendedores, ajustando-o ao corpo, pregueando-o, fixando-o ao cós da anágua, deixando uma ponta solta, como echarpe, que pode cobrir a cabeça ou envolver ombros e busto, por cima da blusa.

O vestuário tradicional dos homens é aquele que Ghandi tornou conhecido no Ocidente: um sistema de panos brancos e flutuantes, formando calções amplos e manta para as costas. Nem todos os homens se vestem assim, nem em todas as circunstâncias, mas os que sabem trazer esse tipo de indumentária imprimem à paisagem indiana uma nota de inesquecível autenticidade. Sandálias recortadas de variados modos completam esse guarda-roupa. E só de olhar para as vestes de qualquer pessoa, para esses tecidos tão sensíveis que se franzem à menor brisa, pode-se ver se há calmaria ou se algum vento se esboça.

Como os indianos são normalmente abstêmios, mesmo em ocasiões de festa as bebidas, de suco de frutas, são verdadeiramente refrescantes. E as mais belas recepções são, sem dúvida, ao ar livre, nos jardins, entre as árvores, às vezes com tendas graciosas armadas, para facilitarem o serviço. Quando o jardim é o do palácio presidencial, todo recortado de canteiros entremeados d'água, com repuxos inúmeros, e todo bordado de flores como um tapete, e quando a festa é uma data nacional, não há salão que se possa igualar a esse ambiente de flores, águas irisadas, bebidas perfumosas e coloridas, e o fulgor das roupas orientais, de tons intensos e límpidos.

À noite, dorme-se nos terraços, nos jardins, nas varandas, na rua. Uns dormem pelo chão, em esteiras, outros nessas camas de vento (na verdade, de vento...) sem colchão, apenas com um trançado de cadarços em lugar do estrado. Os estrangeiros pensam que se dorme na rua só por pobreza, mas não é bem verdade. Há quem transporte sua cama para o lado de fora da casa a fim de aproveitar a fresca da noite para o repouso. E pergunto-me se haverá muitos lugares, hoje, no mundo, em que um mortal possa dormir tranquilo ao ar livre, sem que outro mortal lhe venha tirar pelo menos o lençol ou o travesseiro.

Flores da Caçulinha

Caçulinha, Caçulinha, recorda o tempo das flores, quando flores eram também os teus olhos, ainda mal recebendo as visões do mundo. Tempo da capa de fustão, com seu capuz, tudo aveludado por dentro, do colo morno da babá Pedrina, da subida da ladeira, rente ao muro. O grande luar que tornava a noite muito mais bela que o dia, com o enorme silêncio sobre as casas fechadas. A brancura pelos telhados, pelas paredes, pelas calçadas. Uma grande brancura que a janela deitava no assoalho e querias apanhar com as duas mãos, supondo poderes levantar como um guardanapo.

Ah! Caçulinha, como a noite é bela para a infância, com grandes campânulas brancas soando perfume por cima dos muros, com os jasmineiros abrindo estrelas na terra, estrelas sem brilho, diferentes daquelas altas, na noite deslumbrante! E adormecer com uma flor na mão, sob a alvura do cortinado, com os mosquitos tocando seus violinos imperceptíveis.

Mais tarde, as flores da laranjeira perfumando as canções de roda; o aroma que vem das plantas como a sua respiração noturna; o ar delicado preparando sonhos. Caçulinha, como a infância pode ser bela!

E as flores efêmeras das trepadeiras! as que desejaríamos conservar e logo fenecem... Cachos olorosos, e a beleza dos brincos-de-rainha com seu pingente amarelo carregado de pólen... A sombra das goiabeiras, precária sombra, mas com a flor estrelada que as abelhas procuram com avidez. Tudo tão longe, Caçulinha, no tempo, mas tudo tão absolutamente perto na memória do coração!

E as flores das chácaras! O chacareiro a avisar: "Olhe a lama nos pés, vá pelo outro lado!", e depois do cheiro alegre das couves e alfaces, daquela alegria da terra molhada, num recanto discreto, os vasos de cravos com suas antenas recurvas, com suas beiras de seda recortadas, com seu perfume ardente. Que mundo maravilhoso, rente ao chão, longe do movimento geral... E os relógios amarelos dos girassóis, enormes, enormes, levantados da terra, marcando o tempo sem ponteiros!

As cravinas para serem descobertas uma por uma, cada qual com sua cor, seu desenho, seu recorte, tão delicadamente inventadas, e sem ninguém lhes dar maior importância. Achavam-nas, talvez, pobres, vestidas de chita de minúsculos padrões - e tu, Caçulinha, ficavas perdida, a amar uma por uma, sentindo a sua delicadeza humilde, obscura, discreta e, no entanto, maravilhosa aos teus olhos novos, que apenas começavam a descobrir esse mundo vegetal!

E as perpétuas tristes, e as sempre-vivas em sua palha dourada coroando o suntuoso centro de veludo. Que fizeram de tudo isso? Desapareceram os jardins. As chácaras tiveram de ir para longe. Quem usa ramalhetes no peito? Ninguém se lembra das flores pequeninas... Íamos descobrir as violetas, Caçulinha, as mornas violetas carregadas de aroma, sob as folhas redondas... Íamos procurar os miosótis, com seus olhinhos azuis refletindo nos negros canteiros a altura deliciosa do céu... Cada amor-perfeito era uma noite roxa com janelas de cores por onde descobrias o que elas mostravam ou o que ias inventando...

Não sabíamos os nomes das rosas... Por sua forma, por sua cor, por suas pétalas preferíamos esta ou aquela. Àquela rosada e quase esférica, fácil de despetalar, por que deste o nome de Eponina, Caçulinha? Parecia-se com alguma pessoa desse nome! Tinhas medo de que não chegasse à escola ou à igreja. Querias a vermelha escura, que se abria quase rasa, mas parecia firme, durável; pedias folhinhas verdes para cercá-la, quando não armavas teu pequenino buquê de violetas, tímido mas fácil de usar, e entregavas à professora, que o colocava ao peito ou à cintura. Por amor à professora, Caçulinha? por amor às flores? Tão feliz te sentias! e recordo-te para ter agora também um momento feliz!

E ias com tuas rosas para a igreja, cuidadosamente, para que não se desfolhassem... Acreditas apenas nas grandes dálias esféricas, firmes, pomposas. Ah! tantas flores nos altares, que as tuas apenas ficavam num recanto: não davam para ornamentar...

Saudade daquelas flores! Os tempos são outros, Caçulinha! Tudo é grande, ornamental, vistoso - perdeu-se aquela delicadeza de amar. Os jardins morreram. As trepadeiras foram arrancadas. Ninguém se deleita com as árvores floridas, com o aroma das noites, com a nervura, a cor, a forma de uma pétala. Mas eu penso em ti, Caçulinha, continuo em ti. Levo comigo essa alegria total que viveste, tocando, observando, respirando flores. Quero-as em redor de mim, vivas, quase humanas, plantadas ou colhidas. Não motivos ornamentais (há tantos outros!): uma companhia silenciosa que não me vê (não me verá?), mas que talvez possa saber que desejo não as ver mortas, que as contemplo com pena da sua brevidade e todo o meu amor. O meu e o teu, tão antigo mas tão permanente, Caçulinha!

O estranho festim

A data era importante para alguns, e resolveram festejá-la, como é o mais usual, com grandes excessos de comida e bebida. (Não adianta que os homens ascendam na sua condição social: existe sempre, na maioria deles, uma profunda atração pelas coisas elementares.)

Estudou-se com vagar o que poderia ser mais sensacional, e, como os produtos da terra não bastassem, optou-se pela importação de produtos exóticos.

Organizou-se uma reunião, como para resolver um grave problema de Estado, e não faltou ninguém, como nesses casos sói acontecer. Ao contrário, alguns dos convocados até levaram assessores, pessoas entendidas em banquetes, especialistas em cardápios, acepipes, iguarias, sem falar, naturalmente, em bebidas, que deviam também ser escolhidas com superior inteligência e requintado bom gosto.

Toda essa gente, de lápis na mão, como num congresso internacional, apresentou suas ideias. E as ideias, nesse setor, como se sabe, costumam ser mais abundantes. E defendidas com fabuloso entusiasmo.

Os apaixonados por esta bela terra brasileira apresentavam pontos de vista muito positivos: uns queriam antas flechadas e moqueadas, cutias, pacas e tatus, peixes do mar e dos rios, bolos de mandioca, mel selvagem, doces de abóbora e de laranja-da-terra... Não chegavam a falar em cauim, mas sugeriam bebidas de abacaxi, guaraná e caju, muito apreciadas e verdadeiramente originais.

Mas os internacionalistas falavam de timbales, consomes, cremes, valorizavam a terminologia francesa e não só a terminologia, mas o próprio material. Dissertavam sobre glacês, pralinas, vinhos, queijos – e as civilizadas frutas: o morango e a cereja, a ameixa e o pêssego, regados por marasquino e conhaque.

Havia concessões: podia-se compor um banquete variado, e com imprevistos nomes. Ao lado de *Coquilles St.-Jacques* não ficava mal *Cutia à Villegagnon* ou *Tatu à Jean de Bolès*. Ficava até muito bem!

Fez-se uma lista do imprescindível: aspargos, cogumelos, trufas... E havia o caviar! É verdade! E assim foram encomendadas para os quatro cantos do mundo as coisas mais raras, ou mais saborosas, ou mais elegantes, ostras e nozes, passas e queijos, azeitonas e arenques, e houve até quem se lembrasse dos "ovos velhos" da China, que ficam enterrados, não sei quantos anos, e depois se apresentam como uma porcelana, um esmalte, uma pedra preciosa.

A lista era desmedida, mas contentava a todos. Além disso era tanto o dinheiro que ninguém pensava em despesas; e a perspectiva de saborear tantas coisas enchia de júbilo, antecipadamente, os estômagos e os corações.

Em breve, começaram a chegar caixas e caixotes, dos quatro cantos do mundo. Os despenseiros redobravam seus esforços para acomodar tantas coisas, muitas das quais desconheciam, e morriam de curiosidade por abrir logo aquelas madeiras e papelões, repletos de mistério. Designou-se um intendente para dirigir aquela arrumação, pessoa até de certa cultura, com um livro de versos publicado na mocidade, conhecedor de vários idiomas, um pouco pela rama, é certo, mas que dava para entender os dizeres das encomendas.

Na véspera da festa - como tinha sido tudo tão bem organizado - chegaram ainda sobremesas delicadíssimas, sublimes invenções de lugares privilegiados.

E armou-se a mesa do festim. E os convidados, cada um na sua casa, punham as suas melhores roupas para o grande acontecimento. Tal era a fama do banquete que, forçando as formalidades, apareceram senhoras e cavalheiros cujo cartão de convite eram os ricos adereços e os insinuantes sorrisos. E todos queriam ver a mesa posta (um monumento!) - e extasiavam-se diante das pirâmides de doces e frutas, e arriscavam provar alguma daquelas maravilhas realizadas em distantes conventos... E endoideciam ao ver as cerejas e os morangos da Holanda, os queijos franceses, as passas e nozes de Portugal, os ovos da China, e todas as demais variedades dispostas entre cintilantes cristais e pratas.

Assim se foi despojando a imponente mesa. Antes de aparecerem os assados triunfais cujo aroma começava a anunciar-se, já desaparecera metade do que se dispusera na mesa. Desmoronaram-se as pirâmides de frutas e doces, desmancharam-se os alfenins, desenovelaram-se os fios de ovos, as tâmaras rolaram pela toalha, e houve damas e cavalheiros que encheram os bolsos e as bolsas de iguarias, novidades, curiosidades, recordações da mais bela festa do ano. Pisava-se em ovinhos de amêndoa, escorregava-se em ameixas esmagadas. E o princípio do banquete já parecia o fim. Mas bebeu-se de tudo, comeu-se sem vontade, só para não deixar de provar um pouco de cada coisa - coisas vindas de tão longe, e que é preciso viajar, para conhecer. Os intrusos faziam gestos extremamente delicados para justificarem sua presença - quase um favor, para aquela festa. Os verdadeiros convidados já não davam por isso, pois tinham misturado todos os vinhos, querendo experimentar cada um deles, e já se sentiam arrebatados pelo espaço, confundindo a lua com os queijos e as estrelas com bagos de uva.

Depois da festa todos tentaram levar consigo o que sobrara (não era muito) como recordação sentimental. Mas houve desentendimentos, e os despenseiros e o intendente acharam que também deviam defender a sua parte, nestes tempos de justiça social.

A cor da inveja

Não, não falarei do soneto de Rimbaud e das cores atribuídas às vogais. Isso todo o mundo conhece.

Também não falarei da cor do gosto, que o dr. Octacílio Lopes brilhantemente investigou, em recente estudo.

Há pessoas que não acreditam em sonhos coloridos: mas existem.

Enfim, estamos vivendo tempos verdadeiramente pictóricos, visuais, e a nossa cabeça cada vez mais se assemelha a um caleidoscópio.

A nossa linguagem cotidiana está cheia de cores: sabemos o que significa estar "tudo azul". Antigamente, havia "ouro sobre azul", mas depois o ouro acabou: estamos mais moderados, pelo menos na linguagem.

Que a cólera seja rubra ou purpúrea, não se discute, e, em tempos muito românticos, que o amor fosse pálido, são coisas que a fisiologia explica, e, antes mesmo que ela explique, logo se vê.

A saudade é roxa, sem dúvida nenhuma. Não é a flor que colore o sentimento: deve ser o contrário. "É um cortinado roxo/ em redor do coração", diz uma cantiga.

E a esperança deve ser verde, como se aprende na bandeira nacional, compêndio de cores belas: verde dos campos, das searas (ai de nós!), das ricas matas (quando não passam por elas os incendiários clandestinos).

Pois eu tenho uma querida amiga que, lá de longe, saudosa destes lugares, que se lhe afiguram o verdadeiro Paraíso, assina frequentemente: "verde de inveja".

Hoje estou preocupada com essa cor da inveja. Não deve ser o belo verde da esperança, a cor da inveja. Deve ser um verde hepático, bilioso, um verde turvo, com certos indícios de podridão. Vou procurar observar.

Mas desde logo ocorre-me que não deve haver apenas uma inveja, mas inúmeras e todas diferentes, como não há na verdade um único sentimento de amor, nem a cólera é sempre da mesma qualidade. Como foi que até hoje não prestei atenção a isso? Pois tenho ouvido dizer que este século é riquíssimo de invejas, desde as que se confundem com estímulo e competição até as que se canalizam para o mais negro ódio. (Sem querer, atribuo também uma cor ao ódio. E ocorre-me certa manhã na Holanda, diante do mar e de criancinhas louras, tão louras que pareciam de prata, e recordo uma senhora que me observava a oposição reinante desde o princípio do mundo entre a luz e a treva, Deus e o Demônio, as raças louras e as morenas, o dia e a noite - mas isso leva para muito longe, e hoje eu quero absolutamente deslindar este caso da cor da inveja.)

Que uma jovem deseje - não digo o rosto, mas - os joelhos da outra que pode ganhar um prêmio de beleza é uma invejazinha modesta, juvenil. Se é verde, é um verdezinho de alface. Creio que nem chega a ser pecado. Pode acabar com um suspiro, uma lagrimazinha. Talvez até, de dentro dessa lágrima, se possa ver que a vida tem coisas muito mais importantes que um par de joelhos.

Mas há pessoas maduras que sabem tudo umas das outras, e invejam-se com furor, misturando o verde com o vermelho, o que não dá uma cor muito agradável. Há pessoas até que inventam coisas que os outros não têm, e passam a invejar as coisas inventadas. Isso já deve ser uma palheta louca. Mas estamos em tempos de palhetas loucas, também.

Invejar não é, pois, desejar somente o melhor; é desejar o que não nos pertence. E até se pode invejar a doença, quando a saúde é que parece um bem invejável. Pode-se invejar a pobreza, a infelicidade. Que uma menina ingênua tenha inveja da rica senhora que pagou duzentos contos por um vestido, é uma invejazinha de menina ingênua. Mas que a referida senhora tenha inveja da menina que segue a cantiga: "Com cinco réis de alfinetes/ se compõe uma mulher..." - essa já deve ser uma inveja grande, de cor muito carregada, realmente, uma inveja feia de ver.

Não: "verde de inveja" não me parece expressão feliz. Vou prestar atenção. Convém estabelecer uma escala de tons. E, depois, a dos antídotos. Se a inveja faz mal aos outros, precisamos defender as vítimas. Se faz mal ao portador, precisamos curá-lo. Se não faz mal a ninguém, é mera curiosidade cromática, esta conversa. Mas sempre é bom não esquecer que, por essas e outras, os antigos inventaram seus amuletos.

Oradores e cães danados

Todas as tardes quando saíamos para dar uma volta, entre o jantar e o sono, minha avó recomendava insistentemente à pajem Pedrina que evitasse os bêbedos e os cães danados. Naquele tempo parece que esses dois perigos eram muito mais constantes que hoje.

Quanto aos cães, mesmo danados, eu supunha que àquela hora já estivessem dormindo. E se andassem pelas ruas seria um pouco difícil reconhecê-los, pois, segundo as informações que possuíamos, eram uns tristes animais desorientados, com a língua pendente e a cauda encolhida – tudo isso impossível de descobrir de longe, ao lusco-fusco. Mas não encontramos jamais nenhum.

O passeio, esse simples passeio lá para o lado das palmeiras, foi sempre feliz. Os namorados conversavam em caramanchões no jardim, mas tão próximo às grades, que podiam acompanhar o movimento dos passantes, e todos lhes diziam: "Boa noite! Boa noite!" - o que era uma delicada distração da época. Os caramanchões eram cobertos de trepadeiras perfumosas, cujos cachos, campânulas ou estrelas pendiam em guirlandas por todos os lados. Os namorados conversavam. E nós passávamos.

Havia varandas com habitantes ruidosos, que se expandiam em exclamações entusiásticas, abrindo garrafas de cerveja, falando de águas minerais, não do Brasil, mas da França, arrastando cadeiras, acendendo charutos. Era muito engraçado.

Havia os salões iluminados onde alguém tocava ao piano músicas muito variadas, que Pedrina ia classificando de *valsa, polca, maxixe*... Seguiam-se as belas casas silenciosas, com o seu cão de ronda entre as flores, as vastas fachadas tranquilas, de janelas apagadas. Pela sombra começavam a aparecer pirilampos e aquela grande solidão me encantava. Devia ser bom viver como pirilampo, brilhando aqui e ali, cá embaixo, lá no alto. Devia ser bom viver como cão de guarda num grande jardim, naquela solidão que entreabre devagar os botões de rosa, e faz cair em chuva as estrelas brancas dos jasmins. Devia ser bom viver como as grandes casas pensativas. Devia ser bom viver como a noite, que vai escondendo tudo e tudo transformando em sonhos.

De repente, apareciam os bêbedos, um aqui, outro ali, falando para os passantes, para a solidão dos jardins, para as árvores, para os muros.

(Nesse momento, Pedrina atravessava a rua, segurando-me com força a mão.)

Os bêbedos eram uns pobres negros, cujas feições nem se distinguiam; mas a pretidão brilhava aqui e ali, como um verniz, tocada pela luz tênue da rua. Os bêbedos estavam sempre entusiasmados. Na verdade, não falavam: discursavam. E seus discursos eram sobre o Imperador, a Imperatriz, a Princesa Isabel, a caneta de ouro, misturados a anjos, coronéis, Dona Sinhazinha e muitos negros soltos nas fazendas de café. Os bêbedos não faziam mal a ninguém. Às vezes, apenas, queriam que os passantes respondessem a coisas do passado, e os passantes não estavam mais preocupados com isso. Então continuavam a fazer a apologia da Princesa Isabel, a chorar pelo Imperador, a falar de palácios e de igrejas, e a agradecer a Deus tanta bondade, de mãos postas, virando para o céu a cara lustrosa e os olhos que, à luz do lampião, pareciam vermelhos.

Chegávamos em casa conversando também sobre a Princesa Isabel, com menos ênfase, é claro. Todos aqueles discursos de bêbedos eram interpretações populares de páginas da História. Foi assim que eu comecei a conhecer o Império, o Cativeiro, a Abolição e uma porção de nomes misturados (de modo arbitrário) aos fatos desse tempo. Pedrina, o que sabia de positivo é que a Princesa Isabel dera uma medalha de ouro à minha mãe, quando era menina, por causa dos seus bordados, que eram a imagem da perfeição.

Figuras de Marken

A princípio, as figuras de Marken que uma vez ou outra encontrávamos pelas ruas de Amsterdã nos pareciam fantásticas, vindas de um outro mundo, de uma outra era, vindas de nenhum mundo, de era nenhuma, inventadas pela imaginação dos sonhos, arbitrária. Entre os fleugmáticos senhores e os senhores bonacheirões; as velhinhas de pele franzida e olhos vivos; a mocidade rósea, loura, a deslizar em suas bicicletas, as figuras de Marken passavam sérias e espectrais. As mulheres, principalmente, chamavam a atenção dos estrangeiros: altas, magras, angulosas, de cabelos esbranquiçados, ásperos, longos, cortados em franja na testa e caídos para as costas e pelos ombros, lisos e secos ou guardando as ondas feitas por tranças desmanchadas. Calçavam os grandes socos holandeses, de madeira amarelada e saias escuras e grossas até os tornozelos. Mangas compridas, de pano listado, tornavam seus braços maiores. O gorro que traziam à cabeça completava a grandeza do traje. Entre canais e torres, seus movimentos tinham ritmos graves: os passos carregando os socos, as mangas listadas a articularem os braços – e os rostos, os pálidos rostos amargos, severos, entre o gorro branco e os bordados corpetes alongavam em redor olhos claros, vagos, como recentemente acordados e procurando reconhecer cada objeto, cada lugar.

Então, os outros diziam: "São de Marken, vêm de lá da ilha... É bonito, lá. São assim feios porque pertencem a uma comunidade que não se mistura... Vivem isolados, lá entre si... Mas é muito bonito, Marken."

Ora, quem já viu Volendam, esse recanto turístico da Holanda com suas casotas de pescadores pintadas de muitas e vibrantes cores; quem já viu por essa aldeia tão bem-arranjada os inúmeros objetos de arte mais ou menos popular que esperam os visitantes ávidos de "lembranças"; quem já entrou na pequena loja de fotografia para sair em cartão-postal para os amigos, vestido com as roupas locais, os homens de cachimbo na boca, as mulheres de chaleira de cobre na mão, como boas donas de casa ocupadas com a sua cozinha; quem já se cansou de comer, no mesmo almoço à beira d'água, enguias preparadas de todas as maneiras, não se lembra de Marken, não acredita que Marken lhe possa causar impressão mais saudosa que a desse agradável sítio, que é como um grande brinquedo colorido e animado, nessa terra holandesa tão cheia de outros encantos angélicos: flores, flores, flores, carrilhões, realejos grandes e belos como altares, e, de longe em longe, moinhos de vento, despedindo-se...

Mas uma tarde de domingo, num barco alegre, com um bravo tocador de sanfona a animar a excursão, chega-se a Marken. E é outra coisa: não aquele sorriso turístico de Volendam. Um lugar áspero: homens e mulheres, meninos e meninas com suas roupas festivas. Socos enfeitados de desenhos coloridos, corpetes de profusos bordados policromos, chitas floridas, panos quadriculados, aventais, camisas de listas variadíssimas, gorros enfeitados, gorros de renda; louros cabelos ao vento... - e as casotas bicudas, as pontes de madeira, as cancelas, tudo limpo, nítido, alegre, feliz, decerto, mas de uma alegria, de uma felicidade um pouco distante, discreta, pensativa.

Muitas sutilezas: meninos e meninas vestem-se do mesmo modo até os cinco ou seis anos; mas reconhecem-se porque o gorro dos meninos é diferente, porque eles usam uns botões de prata na gola, porque, nas roupas, têm uma tira branca vertical... E são lindas crianças, todas igualmente de cabelos compridos, finos, dourados, leves como seda desfiada.

E vem um bando de moças de mãos dadas, e devem contar histórias de domingo e de mocidade: e seu sorriso é tímido, pronto a guardar-se, a desaparecer.

Pelas cercas, pelas pontes, perto dos barquinhos, à margem da água, as moças e crianças com seus corpetes de mil cores, suas mangas listadas e seus cabelos louros enchem as paisagens de Marken como pinturas extremamente ornamentais tendo por fundo pequenos muros de tijolo, casas de angulosos telhados, com janelas brancas e cortininhas de franjas por detrás dos vidros.

Mais tarde, quando se pensa em Marken, naqueles rostos, naquelas cores, é como um sonho com um jogo de cartas: uma tarde, entre o céu e água, as figuras armando e desarmando festas: dama, valete, rei, dama, valete, rei...

Curso completo

A mocinha era tão graciosa, tão tímida, tão meiga que parecia uma flor do campo: uma sempre-viva, um botãozinho de ouro. Contou-me suas melancolias de adolescente, porque vivia na província, tinha muita vocação para estudos superiores, só poderia realizá-los no Rio de Janeiro, esta "rainha das cidades e empório do mundo". Deixou sua casa distante, começou seus estudos, conheceu muita gente, abriu seus caminhos, a todos encantou com a sua meiguice e a sua timidez e, como o tempo passa tão depressa, dali a pouco me contou que já possuía não sei quantos diplomas, ia conquistar outros tantos, tudo era maravilhoso, a seus olhos; certamente conseguiria uma viagem ao estrangeiro; a vida é doce, a humanidade é boa, o céu é sempre azul e os pássaros cantam todos para nós.

De repente, a mocinha aparece-me. Continuava graciosa, meiga, tímida, sussurrante, embora tivesse aprendido a falar várias línguas, e entendesse de mil coisas difíceis que mais da metade da população do mundo vai morrer sem ter jamais ouvido mencionar. Sabia tudo isso com a terminologia própria, mas também o traduzia para a língua vulgar com tal encanto e perspicácia que antes do fim do ano já se tinha tornado professora.

Depois, a moça, repleta de talento e de conhecimento, sentiu talvez que o peso de saber é muito grande para ser transportado por uma criatura sozinha, anunciou-me com sutil delicadeza que em breve se casaria. Nessas ocasiões logo se pergunta com quem. Ela não sabia. Não tinha encontrado ainda o noivo. Mas ia encontrá-lo, amanhã, depois de amanhã, quem sabe? na Praia de Copacabana, na rua do Ouvidor, à porta de alguma livraria, num teatro... O noivo devia andar por aí.

Transcorre o tempo novamente - mas não com excessivos dias - e a mocinha procura-me para anunciar que já encontrara o noivo, e aquele ano mesmo, sem falta, estaria casada. Era tão eficiente, essa mocinha! E continuava graciosa, meiga, mesmo com aquele ar tímido de florzinha do campo, sempre-viva ou botãozinho de ouro.

E assim foi. A mocinha escolheu a mais linda capela; o mais vistoso sacerdote; o vestido de mais elegante simplicidade, inspirado em modas antigas e que outrora tornaram mais sonhadoras as princesas; e a cerimônia ia ser também daqui a pouco tempo e todos os dias iam chegando às suas mãos lindos presentes.

Por fim, a mocinha pediu-me permissão para mostrar seu álbum com as fotografias do casamento. Era uma obra de arte: ali estava o seu ramo de flores, displicentemente abandonado sobre um móvel, como a significar que assim ficava para trás a primeira parte da vida, e agora se iniciava a segunda, sob felizes signos.

Voltei a página, e mal pude reconhecer a simples mocinha tímida: era uma bela figura, com um vestido de seda rija, que, justamente pela rigidez, lhe acentuava as formas juvenis, a ponto de desabrocharem. Aparecia-lhe a ponta do sapatinho, muito alto e muito elegante; caía-lhe pelos ombros uma pequena catarata de tule; suas unhas tinham sido pintadas de prata e um traço de prata lhe delineava também a pálpebra superior, como um fino arroio marginando os curvos, infinitamente sutis bambus dos cílios.

Estivera tão bonita a mocinha, naquele dia, que o fotógrafo se encantara em multiplicar a sua imagem: e ela sorria; volvia os olhos com muito mistério; dava um passo e detinha-se; tornava-se lânguida como as rosas; depois fazia-se inflexível como uma espada: enfim, o ato do casamento era uma festa para os olhos, fixada ali no cetinoso papel para todo o sempre.

Esta mocinha é tão eficiente que daqui a pouco terá lindos netos. E já os vejo debruçados sobre essa beleza terrena, eles que, certamente, se casarão nas cintilantes capelas da Lua.

Por falarmos de chá...

Por falarmos de chá, lembrei-me de dois poemas chineses, muito antigos, do tempo daquela famosa dinastia T'ang, sob a qual floresceram tantos poetas, e acima da qual brilharam astros como Li-Po e Tu-Fu.

Um dos poemas é de Lo-Tung, grande bebedor de chá, que enumerava as sensações experimentadas à medida que absorvia consecutivas taças:

> A primeira taça umedece-me os lábios e a garganta;
> a segunda, interrompe-me a solidão;
> a terceira, penetra-me as entranhas, onde revolve milhares de ideografias [estranhas;
> a quarta, produz uma leve transpiração que leva, através dos meus poros, [o que existe de mau na minha vida;
> com a quinta, sinto-me purificado;
> a sexta, transporta-me ao Reino dos Imortais;
> a sétima... Ah! a sétima... já não posso beber mais!
> Sinto apenas o sopro do vento frio encher as mangas da minha roupa...
> Onde está o Paraíso?
> Deixai-me subir nesta suave brisa e que ela me leve para lá!

O outro poema, de Uang-Tsi, é em forma de mensagem: delicada mensagem de um homem que manda a um amigo algumas folhas de chá para agradecer-lhe um poema de outro poeta. Diz assim:

> Para agradecer-vos por me terdes feito conhecer esta poesia de Tsu-Kia-Liang, envio-vos algumas folhas de chá. São da árvore do mosteiro situado na montanha U-i.
> É o mais ilustre chá do Império, como vós sois o seu mais ilustre letrado. Tomais um vaso azul de Ni-hing. Enchei-o de água de neve colhida, ao nascer do sol, na vertente oriental da montanha Su-chan. Colocai-o num fogo de gravetos de roble, que devem ter sido apanhados sobre um musgo muito antigo e deixai-o sobre esse fogo até que a água comece a rir.
> Derramai-a, então, numa taça de Huen-tcha, onde deveis ter colocado algumas folhas desse chá, cobri a taça com um pedaço de seda branca tecida

> em Huachan e esperai que se espalhe pela vossa câmara um perfume comparável ao de um jardim de Fun-lo. Levai a taça aos lábios e fechai os olhos. Estareis no Paraíso.

Lidos os dois poemas, verifica-se não ser difícil chegar ao Paraíso. Basta saber preparar e saber beber uma taça de chá. Notai, porém, senhores, quantos requisitos exteriores e interiores são necessários a esse ato aparentemente fácil e simples! Mesmo sem provar desse chá de tão remotos séculos, se ouvirmos bem os poemas, se os ouvirmos extremamente bem, chegaremos ao Paraíso. (Mas ainda haverá quem sonhe com lugar tão sutil?)

A propósito de Villa-Lobos

Dizia-me um amigo que, em sua terra (que não era a nossa...), os artistas viviam muito mal, mas tinham enterros muito bonitos. Não sei como terá sido o seu: não creio que tenha tido sequer essa compensação, se é que pode ser uma consolação atravessar a vida com as agruras que a condição de artista fatalmente implica, para acabar em cortejo triunfal pela cidade, como espetáculo exemplar, estímulo e consolo de outras infinitas gerações de artistas.

Creio que o artista é o mais infeliz habitante da terra, embora com toda essa infelicidade desperte em redor de si montanhas de ódios gratuitos e matas impenetráveis de inveja. Por que se odeia, por que se inveja uma pobre criatura geralmente indefesa, sem sindicato, sem montepio, sem abono (essas mercês de que o homem comum desfruta, além de outras muitas)? O artista produz o que pode produzir a criatura humana consumida em realizar-se de maneira sublime. (É claro que estou falando do artista verdadeiro!) Em geral não lhe importa nada o que vai acontecer depois: se lhe compram a obra, se a entendem, se a maltratam, se os outros se apropriam dela, ou se até lhe negam os direitos de autoria. Enfim, o artista vai no seu destino mais ou menos como destituído de atributos mortais, desgraçado mas glorioso, muito mais perto dos deuses que levitam do que dos inimigos que rastejam. De um modo geral, não chega a viver sua vida: vive apenas o que produz – o que, vamos e venhamos, não se poderia considerar destino muito sedutor para os que amam o mundo e seus deleites.

Mas tem sido sempre assim – com uma ou outra exceção, como é de praxe na vida, e como convém dizer numa crônica, a fim de amenizar o assunto, de não lhe dar tom pessimista e também não acusar a humanidade toda de crueldade mental.

Lembro-me, aliás, de uma coisa simpática: nos últimos anos da vida de Sibelius o curso dos veículos foi desviado de sua rua, para que nenhum ruído incômodo perturbasse o velho compositor em suas últimas produções. Mas isso é tão belo e foi tão longe que nem parece notícia, mas apenas sonho.

Não conheci Villa-Lobos de perto, mas imagino que houvesse em sua vida o cortejo de fatalidades inerentes à sua condição de artista. Soube que seu enterro foi uma consagração pública; mas não me parece que isso baste nem mesmo tenha muito que ver com a importância de sua obra.

O que me parece muito sério é que, depois de mortos, quando já deixaram de ser amáveis ou irritáveis, simpáticos, ou antipáticos, e apenas são o que realizaram menos em si do que fora de si, na paisagem do espírito, os artistas se afirmam totalmente, purificados e indestrutíveis. A morte não tem nada com os artistas. Eles não são essas pessoas que vemos. São como seres sobre-humanos, passando por nós com essas roupas e sapatos que se usam, e até fumando charutos, como Villa-Lobos. Isso pode ser enterrado, com ou sem pompa. Mas o seu trabalho? Como pode morrer o que é imortal?

Considerações acerca da goiaba

Muitas pessoas sabem o que seja goiabada; mas talvez nem todas elas já tenham visto uma goiaba. Aliás, a goiaba já fez a confusão de um velho cronista do Brasil, que a descreveu pegada ao tronco da goiabeira. Decerto, entre seus olhos e seus ouvidos produziu-se uma compreensível atrapalhação, fazendo falar de goiaba e pensar em jabuticaba... (A rima, às vezes, é traiçoeira...)

Os indígenas, que sempre deram nomes certos às coisas, parece que a chamavam *a-covab* para dizerem que era um ajuntamento de caroços. Na verdade, ela é pouco mais do que isso. E em certo idioma da Índia, quando se quer dizer *goiaba* diz-se *pera*, que é assim que ela se chama. (Agora, quando se quer dizer *pera* não se deve dizer *goiaba*... Isso já seria engraçado demais!)

Penso em tudo isto porque estou vendo, à porta de uma confeitaria, uma goiaba que custa sessenta cruzeiros. Sessenta cruzeiros: quer dizer, quase um litro de leite, umas cinquenta gramas de manteiga, meio quilo de pão... (Bem, não me atrevo a continuar, porque os preços sobem a cada instante, e podem já não estar atualizados...) Em todo caso, a goiaba custa sessenta cruzeiros.

As goiabas estão ali arrumadinhas na caixa. De aparência modesta, mas de escandaloso perfume. Às vezes como o das angélicas, o perfume da goiaba causa até um grande mal-estar. Mas é quando estão muitas juntas; pois, separadamente, desprendem um cheiro delicioso. Como as pessoas que, sozinhas, são delicadas e encantadoras e, num grupo, não se sabe como, se tornam vulgares e até estúpidas.

O que eu lamento é que os passantes olhem para as goiabas, para o preço, e não se detenham: as goiabas não lhes dizem nada a não ser que são uma fruta de cheiro excessivo e de custo muito alto.

Isso me entristece, pois a goiabeira é uma árvore meio torta, de folhas todas riscadinhas, e cujo tronco se descasca como se fosse papel. Por baixo, a madeira é lisa e bonita que nem marfim. Antes da goiaba nascer, aparece uma flor tão alva, tão gloriosa, coroada de ouro e seda branca! uma flor que lembra a Estrela da Manhã. Há um movimento de vespas, de abelhas, em redor dessas flores. Depois, a goiaba é um pequenino botão verde; depois, é um fruto oval e amarelo, cetinoso e perfumoso. Quando se parte, ela abre um sorriso de dentinhos cor-de-rosa. Tão grande é o seu perfume, tão tenra a sua polpa, que, muitas vezes, antes mesmo das crianças, são os passarinhos que a provam. E nesse dia cantam muito melhor.

Eis o que é, mais ou menos, uma goiaba. De modo que, embora não as vendam, mas para mostrar quanto as estimam, os senhores mercadores deviam pedir por elas não sessenta cruzeiros - preço vil - mas seiscentos e até mais.

Três livrinhos antigos

Eis-me diante de três pequenos livros do século passado, que me deleitam, como se não fossem livros, mas espelhos refletindo o viver, o sentir, o pensar dos nossos avós.

O primeiro é um *Cozinheiro moderno*, "onde se ensina pelo método mais fácil e mais breve o modo de se prepararem vários manjares, tanto de carne, como de peixe, mariscos, legumes, ovos, laticínios" etc. São quatrocentas e tantas páginas compactas, por onde desfilam orelhas e olhos de vitela, coelhos enrolados, perus em globo, coxinhas de galinhas em botinas, frangos em forma de peras; muitos caldos curativos, uns para purificarem a massa do sangue, outros para tosses secas, para dores de cabeça - ao lado de sopas mais alegres, como uma "sopa saudável", uma "sopa de primavera com ervilhas" e de uma "sopa de leite de amêndoas", que essa já é doce e servia-se "guarnecida de biscoitos de la Reina, ou de amêndoa". Em matéria de molhos (isto passando por alto muitos capítulos), há de tudo: à espanhola e à inglesa, à holandesa e à alemã, à moscovita e à provençal. E alguns têm seus patronos declarados: o do Conde de Saxônia e o do Duque de Nevers; e outros, vagos patronos: o da Princesa, o do Almirante - e o dos pobres, com azeite e sem azeite... Há pastelinhos, salsichas, empadas, e, no capítulo da doçaria, onde os bolos se chamam "gatéus", há os pudins, os sonhos, os crocantes, e as "cremas", que são da Delfina, da Abadessa, aveludadas, virgens, batidas, meringadas, queimadas...

O segundo livro é de sonhos, *Arte de adivinhar o futuro*, "ou explicação completa, clara e fácil dos sonhos e aparições noturnas". Creio que muitos desses sonhos deixaram de constar do repertório onírico, no século atual. Mas, precisamente há um século, sonhava-se com abadessas, arlequins, boticário, usurário, desmaio de senhora, desmaio de homem, ratoeira, sanguessuga, tendas de guerra, vinagre que se bebe, viandeiras - e, para terminar, estes três exemplos de sonhos maravilhosos: zéfiro, zero e zodíaco... Tudo isso tinha seu significado, é claro, e este livrinho, traduzido do francês e que custava, no seu tempo, 120 réis, devia andar em todas as casas, entretendo as famílias, pois já na capa avisava ser "obra interessante e divertida"...

Quanto ao terceiro livrinho, é um *Novo almanaque de lembranças luso--brasileiro*, repositório de curiosidades, poesias, charadas, conselhos e informações gerais, que nos fala de bruxas, feiticeiras, lobisomens e almas de outro mundo, do cavalo branco de Lafayette, dos ébrios e sóbrios, dos arcos de triunfo, dos hotentotes, dos fósseis e das geadas - enfim, uma pequena enciclopédia, capaz de fornecer muitos motivos de conversação para as visitas amáveis de outrora, quando as pessoas tinham tempo de conversar, quando ainda podia haver visitas, quando a amabilidade fazia parte da boa educação. (No tumulto editorial de hoje, folheio esses três livrinhos...)

O aniversário de Gandhi

Num dado momento, a Índia projetou-se no Ocidente com um esplendor fora do comum: dois homens a tornavam assim radiosa e atraíam para ela o respeito e a admiração dos povos - Rabindranath Tagore e o Mahatma Gandhi. Isso foi no tempo em que se preparava a sua independência, para a qual, de maneira diversa porém igualmente notável, contribuíram esses dois grandes espíritos. Tagore e Gandhi parecem, na verdade, resumir, entre 1920 e 1940, todas as virtudes passadas de seu povo, e representá-lo da maneira mais adequada para o início de uma vida nova, dignificada em liberdade e sabedoria.

As grandes e merecidas comemorações do centenário de Tagore, este ano,[9] não obscurecem a data natalícia de Gandhi, quase centenário também, pois nasceu a 2 de outubro de 1869. Ao contrário: sob essa luz altíssima que ilumina a figura do Poeta, alcança relevo maior a figura do Santo, esse curioso, moderno Santo das multidões, que viveu e morreu pela independência de seu povo e pode ser considerado o Pai da Pátria.

Por suas origens, por seu ambiente, por sua formação, por seu destino de artista, caberia a Tagore essa importante missão de fascinar o mundo: traduzidos nos mais diversos idiomas, seus versos animam leitores desconhecidos, servem de alimento espiritual a pessoas que nem o conheceram e, por mais que estejam vivendo de suas palavras, muitas vezes nem sabem muita coisa a respeito de sua vida, de sua pessoa, de seus desígnios artísticos.

Gandhi é quase seu oposto em tudo: e tem-se a impressão de que a Providência reuniu essas duas criaturas tão diferentes para, ao mesmo tempo, mostrar a Índia no equilíbrio de sua diversidade, tão poderosa em sonho como em ação, tão capaz de alçar-se em lirismo ao convívio de Deus como de procurar por Deus no mais humilde caminho dos homens.

9 1961.

Esse humilde caminho dos homens pertenceu a Gandhi. Ele se dispôs a experimentar em si mesmo as injustiças de que eram vítimas seus irmãos infelizes: as dos que pertenciam a outras castas, as dos que sofriam humilhações de poderosos, as dos que não sabiam como lutar, com a sua fraqueza contra a esmagadora força dos homens armados.

Vimos, então, esse homem de vasta inteligência, de imensa perspicácia, de uma vontade férrea, e de uma pureza pessoal comparável à das crianças e à dos anjos, deixar seus trajes ocidentais, vestir-se como os ascetas, falar a multidões, ensinar justiça, aceitar prisões, praticar jejuns, protestar contra os grandes, conduzir sua gente por um caminho certo mas difícil, só capitulando na morte depois de ter cumprido seu longo programa de libertação nacional.

Outros chefes podem realizar programa idêntico: mas o caso de Gandhi - e é isso que o torna imortal - é o da revolta conduzida dentro de rigorosos compromissos de moralidade e verdade; e, por incrível que pareça, sua revolução, tendo o prazo curto das revoluções, operou-se com um espírito de educação do povo - e bem sabemos que a educação é um plano de prazo longo.

Como conseguiu o Mahatma esse milagre? Sendo um milagre, ele mesmo. Pois a grande verdade, em qualquer acontecimento, é que os fatos valem pelos homens que os dirigem, mais ainda do que pela ideia que possam encerrar. E essa ausência de chefes extraordinários, de chefes alheios a resultados pessoais, a transações e até a vaidades de poder é que torna melancólicas muitas façanhas históricas.

No caso de Gandhi, vemos um homem despojar-se de tudo, reduzir ao mínimo suas necessidades (que resta, de seus bens, no "Memorial" que lhe levantaram? - umas sandálias, um bordão, uns óculos, um relógio...) - viver na modéstia do seu retiro ou caminhar longas distâncias para organizar o povo, para harmonizar os intelectuais e os rústicos, para coordenar todas as forças não das armas, mas do espírito, no sentido de formar uma barreira humana (ou sobre-humana) contra o poderio, a escravidão, a injustiça, impedindo a ação violenta dos oprimidos, e tentando esclarecer os inimigos sobre os seus próprios erros. Exercia, desse modo, uma dupla atividade de educador e mestre e guia: ensinando a uns a vencerem pela sua capacidade de sofrimento, e a outros a se livrarem do peso de suas culpas.

Para Rabindranath Tagore, Deus é uma expressão de amor, é uma intuição poética, é um encontro póstumo, transcendente e definitivo; para o Mahatma, Deus é a Verdade, a Verdade é Deus, como num postulado científico.

É abraçado a essa certeza, fundido nessa fé que Gandhi empreende sua ação de condutor de um povo martirizado. Habituara-se, desde menino, a essa nitidez de propósitos; suas memórias revelam-nos essa inquietação do adolescente e do jovem para dirigir seu comportamento dentro da lei moral inerente à condição humana, seja qual for a raça, dentro de qualquer ambiente, sob qualquer filosofia ou religião. Esse sentimento da universalidade da "lei" torna o advogado M. K. Gandhi um jurista diferente: ele é, antes e acima de tudo, um servidor da Verdade, um distribuidor de Justiça. E tão linear se torna sua atuação, diante de cada caso, que não se pode deixar de pensar na configuração dos diamantes, com seu brilho, sua dureza e suas arestas.

Num país de grande riqueza imaginativa, onde os deuses facilmente se podem multiplicar, o Mahatma não pretendeu subir jamais além da sua condição de homem e de cidadão; ao contrário, vemo-lo constantemente procurando descer ao que nessa condição pode existir de mais humilde, precário, desditoso, para aprender todas as misérias, e dar-lhes adequada solução. Vemo-lo utilizar transportes de ínfima classe, caminhar a pé com os peregrinos, interessar-se por assuntos domésticos de limpeza, higiene, alimentação, sem que esse constante pousar em níveis tão obscuros perturbe o ímpeto e a extensão de seus voos. Ele é uma constante demonstração de que se pode ser feliz na mais completa humildade de existência, desde a construção de um povo, ao aperfeiçoamento do homem, à realização da paz e da sabedoria numa sólida base de confiança, numa total fidelidade consigo mesmo, com outrem, e com essa Verdade que é Deus.

Há em Gandhi uma claridade fixa, que cativa as pessoas de boa vontade, porque ela é uma promessa, uma esperança de que cada um de nós pode ser assim – de que a natureza humana pode ser sem perversidade, sem desvios, sem lances de mentira e traição. Que esses defeitos podem ser redimidos, que o homem pode cultivar em si apenas o que há de generoso e nobre em sua natureza, e que pode chegar à mais alta dignidade sem destruir nenhuma vida, sem oprimir nem desprezar ninguém.

Relembremos tudo isso, nesta data do Mahatma, a "Grande Alma", e não nos esqueçamos de que existiu no mundo um homem assim.

Lições de botânica

Todos achávamos o compêndio de botânica excelente: em francês, encadernado em percalina amarela, agradável de tomar nas mãos, bom de folhear, bem impresso, com desenhos claros - essas coisas que nem sempre os editores levam em conta e podem, no entanto, ter influência na vida de um estudante e até na sua vocação. O professor ajudava a esclarecer o texto: depois, procurava-se a letra *a*, a letra *b*, a letra *c*, todo o alfabeto, que indicavam o que se estava estudando nas plantas, quer inteiras, quer em seus pormenores, e nos cortes longitudinais que mostravam seus segredos interiores. Era muito agradável: vivia-se em jardins, pomares, campos imaginários. Salvo algum exemplo especial, não se tratava de nenhuma planta, nenhuma flor, de fruto algum. Tudo estava reduzido à ideia, nem mesmo à imagem dos objetos. Mas era - pelo menos para alguns - um exercício fácil e feliz. Assim Deus tinha disposto as suas criações vegetais! E sépalas, raízes, pistilo, cada coisa no seu lugar cumpria uma determinada função; e quando havia aberrações, era outra história...

Naquele tempo não se analisava nada disso com muita profundeza, mas com o assombro e a curiosidade das descobertas. Apenas, entre as folhas dos livros e os seus desenhos, assomava como um fantasma bom a figura de tio Zeferino.

Não sei de onde ele vinha, mas vinha com o anoitecer, como trazido pelo lusco-fusco da tarde. Trazia ramos de flores e embrulhos de frutas. Vinha orgulhoso, sorridente, pois tudo aquilo nascia em chácara sua, sob os cuidados seus. Descansava os embrulhos e ramos na mesa rústica, falava do tempo, do sol e da chuva e ainda trazia em redor das unhas a terra dos seus canteiros. Sua chegada coincidia com a hora em que as crianças boazinhas devem ir dormir: de modo que sua figura e suas falas ficavam metade neste mundo, metade no outro. No dos sonhos. Mas era ele que entendia e explicava rosas e eglantinas, dálias e crisântemos, e fazia apreciar o perfume escondido da violeta em contraposição à violência do jasmim-

-do-cabo. Era um homem singular. Falava de flores simples e dobradas e, com um canivete que exibia às vezes, parece que resolvia seus problemas, tornando doces as laranjas amargas e creio que aumentando o tamanho ou o número de outras frutas. Tudo com aquele canivete! Todos ficávamos boquiabertos de admiração.

Mas tio Zeferino não se gabava muito daquelas colaborações com Deus. Pedia umas fruteiras brancas e redondas, que de perfil pareciam cogumelos, e ia dispondo as frutas. Da laranja e da goiaba não precisava falar, pois quem não as conhecia? Mas havia a carambola, a nêspera, a romã, o jambo: essas eram grandes novidades, que não se encontravam em qualquer lugar.

Tio Zeferino devia conhecer todas as plantas do mundo – pensávamos. Queríamos associar a sua figura à dos anões de louça que, naquele tempo, habitavam alguns jardins. Mas tio Zeferino não tinha nada de anão: era um homem robusto, de meia-idade, cabelos um pouco grisalhos, e uns grandes olhos verdes, como duas folhas. Uns olhos bons, que riam para as crianças, para as coisas todas deste mundo que ele, afinal, com as suas grossas mãos, ajudava a criar. Assim, contava a história das flores e dos frutos, desde o tempo em que eram apenas sementes, e como era a terra e o adubo e a água e o sol, e como tudo se fazia cor, perfume, gosto, sumo. Falava com amor. Pois se ele conhecia cada limão desde quando era uma pequenina flor, e depois se tornara um botãozinho verde "assinzinho", e se arredondara e crescera, e agora estava ali, na mesa rústica, ou numa cestinha onde os tinham recolhido, e perfumava a casa toda, e estava pronto (isso nos causava dó) para ser cortado em rodelas ou espremido em limonadas. Mas tio Zeferino comandava esses nascimentos e sacrifícios com uma superior tranquilidade. Depois de uns, vêm outros, tudo é assim, a vida continua, a vida vai sendo sempre: Deus não para, vai criando, vai renovando... Tudo isso que tio Zeferino dizia não era tirado dos livros, mas da sua cabeça, do seu coração, da sua experiência de trabalho. Eram tão vivas as suas palavras que ninguém deixava de acreditar. Segurando uma dália ou uma tangerina, ele parecia um orador e (Deus me perdoe) um orador sacro.

Juvenal

Avisto agora o bom preto Juvenal, magro, alto, sorridente, com um belo dente de ouro no canto do sorriso. Quando ele aparecia à porta da sala de aula, desabrochava de alegria o nosso coração. Pois, quem não gosta de ter um lápis de ponta muito bem aparada, pequeno cone, muito liso, de cedro cheiroso, com um bom estilete de plombagina, cuja incrível finura se experimentava na ponta do dedo? E Juvenal trazia uma porção de lápis, dispostos como varetas de leque, e punha-se a distribuí-los pelas crianças como quem oferecesse flores...

Juvenal batia a sineta, à hora do recreio: todos pensavam nele, que assim marcava a hora da merenda, hora tão grata, quando se passa do curso do rio São Francisco ou da Serra da Mantiqueira para o pão com queijo e goiabada.

As meninas tinham tal gratidão por Juvenal que, ao cantarem o Hino à Bandeira, naquele trecho que diz: "Recebe o afeto que se encerra/ em nosso peito juvenil...", olhavam para ele, imóvel, no canto do pátio, e brincavam: "em nosso peito, Juvenal...". O bom preto fazia brilhar o dente de ouro no canto do sorriso, e a voz das meninas se apagava, com a sua carinhosa brincadeira, no grande coro escolar.

Todas as lembranças agradáveis da aula se acumulavam naquela simples figura de servente. Era uma espécie de mágico: entrava com rolos de mapas, que desenrolava cuidadosamente na parede. Os mapas eram novos, brilhantes, cheiravam fortemente a verniz, a resina, como as figuras dos brinquedos, as ilustrações de certos livros de histórias, os cromos que acompanhavam as lindas caixas de passas do Natal. O bom preto ia buscar nos seus esconderijos os esqueletos e os poliedros, o globo terrestre, o policromo *bolário* (que as pessoas entendidas chamavam de "ábaco"), e aqueles maravilhosos, enormes cartões desdobráveis onde figuravam, presos por uma linha, amostras de minerais, tubos com sementes várias, e, simplesmente impressos em cores vivas, os diversos cortes longitudinais da pessoa humana, com seus segredos interiores, digestivos, respiratórios, circulatórios.

Juvenal conhecia tudo aquilo. E transportava tanta ciência com ar muito sério, compenetrado da sua responsabilidade ao lidar com aquele material. Os tempos eram outros. Havia uma noção de respeito e dignidade que atingia as criaturas mais humildes. Quando Juvenal retirava a bandeira do seu lugar para entregar à criança que devia segurá-la, fazia-o com a maior delicadeza, pois sabia que estava tocando no "símbolo da pátria": e as palavras tinham sentido certo, e os homens de bem, como aquele bom preto, sabiam manter o devido decoro diante das coisas veneráveis. Nessa ocasião nem aparecia o seu dente de ouro: Juvenal era um cidadão exemplar.

Depois, sim, quando as crianças lhe encomendavam merendas caprichosas, ele tinha autorização de comprar na confeitaria próxima: "Um pão doce redondo, com creme por cima; se não tiver redondo, pode ser mesmo comprido, sim? – mas com bastante açúcar cristalizado!" (Juvenal tomava nota.) "Juvenal, Juvenal, um peixinho de chocolate! com recheio de hortelã!" "Duas empadas, Juvenal, duas empadas de camarão!" "Eu quero pastel de carne. Bem estufado! Assim." – e a menina inchava de ar as bochechas. Juvenal tomava nota e sorria. "Ninguém mais quer merenda?", perguntava, pronto a dobrar a sua nota de compras. Vinha do fundo da sala uma voz tímida: "Eu queria um *sonho*... Quanto custa um *sonho*, Juvenal? Um tostão? Duzentos réis?" Talvez fosse mais... Os *sonhos* eram tão grandes, tão cheirosos, tanto açúcar por cima, com tanto creme por dentro... "Quatrocentos réis?" Juvenal ia trazer o *sonho*. Depois, acertaria as contas.

E, ao voltar, o dente de ouro cintilava no alto daqueles embrulhos de doces perfumosos e ainda quentes. "De quem são as empadas? E o peixinho de chocolate? E o *sonho*?..." Distribuía as encomendas, acertava as contas, dava o troco...

Desse modo, o bom preto conquistava todos aqueles inocentes corações. E havia sincera ternura na pequena irreverência com que as meninas murmuravam à socapa: "Recebe o afeto que se encerra em nosso peito, Juvenal!". Eram só as pequeninas que faziam isso. Ninguém as ouvia, no grande coro escolar. E não punham malícia nenhuma no trocadilho. Era um desejo simples e honesto de agradecer ao bom preto a gentileza com que as tratava. Eram crianças como devem ser os anjos: muito puras e muito sensíveis.

Marine Drive

O livro abriu-se nessa fotografia de Bombaim: *Marine Drive*. Quem conheceu a Praia de Botafogo, no Rio, antes das atuais reformas, poderia pensar que esta curva era a da praia carioca, e este enrocamento, e esta amurada em que, no entanto, se veem sentadas mulheres indianas, de sári, cabelos enrolados na nuca, cercadas de crianças e desfrutando com elas da fresquidão matinal do mar.

A luz do sol estende largas manchas brancas nas pedras, no parapeito, nas roupas das mulheres, no rosto das crianças, e na linha contínua dos edifícios, até o fim da curva, que parece um desenho de harpa. Se fosse uma fotografia colorida, esta luz estaria impregnada de uma cintilação de coral e de ouro e a espuma que estas águas vêm entregar às pedras estaria cheia de chispas irisadas de diamantes.

Marine Drive. Aquele mormaço pelo céu, pelas paredes, pelo chão. Dentro de casa, os ventiladores rodando quase inutilmente. Aquele torpor que talvez inutilize para a atividade física, mas abre campos largos para a imaginação. O informante malicioso que diz: "Em Bombaim, apenas três estações: *warm, warmer and warmest*." Sim, faz muito calor. Até o grande relógio parece que anda mais devagar. Não há um sopro de brisa. E as águas do mar não consolam a vista, pois bem se vê que devem estar muito cálidas, cheias de faíscas, de reflexos, de vibrações de fogo.

No entanto, à noite, *Marine Drive* transforma-se. Passeia-se num carro descoberto, com um cocheiro sonolento - e na verdade é como se não se estivesse passeando, mas apenas sonhando que se passeava. De um lado e de outro, tudo deserto. O carrinho vai rodando e, de ponta a ponta, tudo deserto, também. Deserto e claro: o chão, as fachadas dos edifícios, a amurada que alonga a sua curva emoldurando o mar. Agora, não mais a cor do coral e do ouro das manhãs de sol, mas a brancura do luar polvilhando de prata o caminho, as casas e o arabesco das ondas inquietas.

Com esse rodar do carrinho por dentro da silenciosa brancura; com esse ritmo do cavalinho a trabalhar tão tarde, na noite; com o vulto do cocheiro imóvel; com os amigos calados, deixando-se ir, o passeio noturno já transcende os limites de *Marine Drive*: como no drama de Kalidasa, vamos subindo do chão, vamos ascendendo pelos ares, vamos perdendo a nossa identidade terrena e adquirindo uma natureza mais sutil. Somos os viajantes de uma noite sobrenatural, branca e transparente: vamos em direção às estrelas, e das casas todas fechadas ninguém assiste à nossa evasão.

Essas casas são, na verdade, edifícios de vários andares, de arquitetura sóbria, alinhados, que a claridade do luar transforma numa alta e longa muralha branca. Embora fechados, ainda se nota, em alguns, leves pontos de iluminação. E desses incertos lugares vem aos nossos ouvidos um som de música oriental, muito plangente, que paira suspensa na noite como o perfume nos jardins.

Oh! o indeterminável passeio por *Marine Drive*! Bombaim, cidade tumultuosa, de multidões apressadas, oferece-nos este momento único de solidão e silêncio, esta avenida de sonho atravessada por um simples carrinho onde quatro pessoas extasiadas se deixam conduzir tranquilamente, sem obrigação de chegar a lugar nenhum.

Mas um outro som se levanta, agora muito mais próximo: o de uma frauta rústica, de música indecisa, inventada lentamente, nota a nota, numa delicada experiência. De onde vem essa música, tão doce de ouvir porque se sente que está sendo criada com amor, por uma necessidade veemente de expressão, sofrimento que poderia ser grito, mas que se transforma em suspiro e cadência e melodia...

A música vem do lado do mar: vem das pedras do enrocamento. Ali, à beira d'água, onde a espuma também reduz a um sussurro a larga voz das ondas, o músico invisível está modelando os sons de uma obscura frauta para contar à noite, ao céu, à solidão os segredos da sua vida. Até muito longe nos acompanha a vaga melodia que poderia ser a linguagem de qualquer um de nós. Cabem dentro dela nossas lembranças, nossas perguntas, nossas saudades. E o carrinho vai rodando cada vez mais leve, como por cima da música.

O *Gurudev*

Como a Gandhi se impôs o título de *Mahatma*, a "Grande Alma", por sua dedicação à Verdade e à salvação de seu povo, a Rabindranath Tagore se chamou o *Gurudev*, o "Professor" - não no sentido mais ou menos aleatório de mero transmissor de conhecimentos, mas com o significado profundo de um formador de almas, de um Poeta atuante, capaz de abrir para os discípulos - ou simples leitores - caminhos largos e claros de pensamento, de sentimento, de compreensão da vida, de entendimento das nações, com o instrumento da Beleza, que também não é mais que o esplendor da Verdade. Foi por isso mesmo que, embora profundamente diferentes, num dado momento Gandhi e Tagore coincidiram, como diversos mas igualmente admiráveis representantes da Índia, aos olhos de seu país e diante do mundo. E foi assim que, atuando cada um no seu setor, contribuíram ambos para transformar a sorte de seu povo.

Rabindranath Tagore é conhecido no estrangeiro principalmente como Poeta. O prêmio Nobel de 1913 e as numerosas traduções de sua obra em vários idiomas ocidentais concorreram para fazê-lo admirado por toda parte. Pouco tempo depois, Gandhi observaria que "o poeta da Índia" estava a ponto de se tornar "o poeta do mundo". E na verdade, se recordarmos os poetas da Europa que se comoveram com sua pessoa e com seus poemas, sentimos que ele foi o grande intérprete de sua terra, naquele momento, e do que ela possui de mais alto e puro, em força delicada, poder espiritual, serenidade e inspiração.

Mas Tagore não foi apenas esse imenso Poeta que se nos tornou familiar mediante traduções - pois apenas uma parte de sua obra foi escrita diretamente em inglês, ou por ele traduzida do bengali. Foi dramaturgo, romancista e contista, para falarmos apenas da sua atividade literária. Em todos os gêneros, sua sensibilidade poética permanece a mesma; no entanto, há páginas suas de leve malícia, com certa sutil penetração satírica, especialmente as de memórias, quando se refere a seus tempos de estudo e primeiras experiências. Em muitos casos, é um precursor, segundo a crítica de seu país, quanto aos gêneros, e um grande estilista em seu idioma.

Seu teatro não é fácil de definir: o gosto ocidental reclamará, no texto, os conflitos a que está acostumado. O texto tagoreano é muito depurado, quase puramente lírico, sem a movimentação dos diálogos ocidentais. Como se em lugar de conflitos houvesse apenas aspirações, inquietações, e cada personagem se desenvolvesse numa atitude isolada - como coreograficamente, e num mundo de outras dimensões, de outros dramas - diante de um acontecimento, um mistério, uma revelação que ardentemente se espera, se contempla ou se recebe. Essa obra teatral, literariamente, pode ser considerada como uma série de poemas dramáticos, muitas vezes enriquecidos com música, dança, canto, coros, também de Tagore.

Assim como a pintura e a poesia, a música da Índia é cheia de sutileza, com modos peculiares de expressão, obediente a cânones tradicionais que a tornam pouco acessível a um auditório não familiarizado com a estética indiana e o sentido das *ragas*. No entanto, as canções de Tagore são tão difundidas, em sua terra, que certa noite, num grupo de pessoas do Oriente e do Ocidente que cantavam canções populares, a moça indiana que cantou também uma saudosa melodia estava cantando uma canção do grande Poeta. Suas palavras e sua música circulavam assim como a voz do próprio povo, quase com a glória do anonimato.

Poemas, contos, canções, romances, teatro, música, tudo converge para um fim superior, na obra de Tagore. É uma obra altamente educativa, sem nenhuma aparência ou intenção didática. Ele não acreditava, aliás, em métodos de educação que não fossem inspirados em grandes sentimentos. Os pedagogos deixavam-no apreensivo. Queria educadores capazes de amar seu ofício e seus discípulos, de amar a vida em sua totalidade. E, sem desconhecer os sofrimentos deste mundo, gostava de mostrar caminhos de alegria, esses caminhos por onde os corações felizes e agradecidos vão sem medo ao encontro do seu Amor. Caminhos do fim do mundo, onde todos se reconhecerão.

Hora japonesa

Desembaraçados dos sapatos - como é de uso, no Oriente, para se penetrar em recinto sagrado - transpõe-se o limiar da sala onde se vai servir o jantar.

Oh! como é sábio o Oriente! Os pés, fatigados por estas duras caminhadas de pedras e asfaltos, sentem um delicado prazer ao pisarem na branda esteira, que forra o pavimento: esteira tornada ainda mais branda pelo artifício de algum suave plástico que, colocado por baixo, lhe empresta uma espessura de tênue colchão. Os pés se sentem repousados e agradecidos: e logo esse bem-estar se comunica a todo o corpo e à própria alma. Assim começa, de maneira tão humilde, a felicidade da hora japonesa.

A sala é simples, e essa simplicidade nos oferece um ambiente de ditosa calma. Apenas um *kakemono* ornamenta a parede com seus caracteres, falando de uma flor que se abre sobre os quatro mares - poema que cada letrado presente interpreta a seu modo. (Esses poemas do Extremo Oriente podem ser interpretados de muitos modos - parece-me - mas estão incorporados à vida humana: não são para serem lidos, apenas, mas vividos. Creio que, no Oriente, é mesmo difícil separar, entre as pessoas verdadeiramente cultas, a vida e a poesia.)

Cada convidado encontra numa pequena cestinha, em forma de canoa, um guardanapo, tão bem enrolado que forma um compacto cilindro de pano. Desenrola-se esse guardanapo que foi assim espremido depois de mergulhado em água quente, e obtém-se uma agradável compressa para limpar as mãos, antes do jantar. As mãos ficam tão frescas, tão novas como se as fôssemos usar pela primeira vez.

E então aparecem as lindas moças japonesas, com seus discretos e elegantes quimonos, e, entre genuflexões, distribuem pelos convivas pequenas bandejas acharoadas, com umas tigelas tão lindas e arrumadas com tal encanto que não se sabe se aqui se deve comer com os olhos, apenas, ou também com a boca, de maneira vulgar. Pois o alimento, que se apresenta em pequenas porções, vem disposto artisticamente, além de ser artisticamente preparado. As pequenas fatias de peixe cru têm um aspecto cristalino, mineral, assim alvas, translúcidas, com leves insinuações róseas ou alaranjadas. Há umas sardinhas que parecem pequenas noivas, envoltas numa vestimenta branca, num orvalho de diamante. E umas três rodelinhas, como de porcelana, que se acomodam ao lado, são também pedacinhos de outro peixe, que nunca tínhamos conhecido sob esse aspecto. Essas minúsculas iguarias são para se colher com as varetas de madeira apresentadas na bandeja, e saboreiam-se depois de mergulhá-las no molho de soja de uma tigelinha menor.

Uns bebem saquê, que é uma bebida extraída do arroz; outros se deliciam com o *karpes*, extraído do leite - branco, adocicado, perfumoso -, e que, segundo os japoneses, tem o gosto do primeiro amor, pois à sua doçura acrescenta um ressaibo levemente acidulado. Uma romântica bebida, que não contém álcool, que não embriaga, mas refrigera e consola o coração.

As moças que andam em volta da mesa, como pássaros próximos e coloridos, levam e trazem, por entre suaves sorrisos, novas tigelas, em suas pequenas bandejas individuais. Parece que todos os peixes do mar desfilam, em apresentação delicada, nesse espetáculo poético que é a culinária japonesa. E vem o rubicundo camarão cozido, com sua armadura de coral; e há fatias, rodelas, tiras - barbatanas? cartilagens? - de outros produtos marinhos que só os entendidos sabem logo distinguir, com um simples olhar.

A certa altura, as lindas moças trazem sopa de ovo e, mais adiante, pratos com frutas, onde os bagos de uva, esverdeados e transparentes, brilham com seu ar de pedra preciosa ao lado da rubra melancia de polpa cintilante e do caqui descascado e dividido em quatro partes, pois, segundo soube mais tarde, é nesse ponto de amadurecimento, ainda não convertido naquele deleitoso creme que os ocidentais apreciam, que o caqui é verdadeiramente elegante e digno de ser oferecido aos convivas.

Não falo da louça, da ornamentação da comida - uma folha de salsão, aqui; um talo de gengibre avermelhado, acolá; pedacinhos de cenoura cavada recheados com molhos imprevistos... -, não falo do chá que se vai bebendo em chávenas sucessivas, fugindo à realidade, voando pelo sonho...

Não falo do rosto das moças, com um suave polimento de marfim, onde os olhos são de ônix negro. Nem falo das suas vozes, que quando cantavam – pois também cantavam! – era como se saíssem de seus breves lábios muitas flores e borboletas. Falavam de cerejeiras, falavam de neve. Era muito doce, mas também talvez um pouquinho acidulado como aquela bebida branca que tem o gosto do primeiro amor...

Outro Natal

Cerca de seiscentos anos antes de Cristo, na Índia distante, uma rainha depois de vários sonhos significativos, interpretados por inúmeros sábios, teve um filho que recebeu o nome de Siddhartha. Muitas coisas miraculosas aconteceram então. E de uma das montanhas do Himalaia desceu um homem santo que tomou o menino nos braços e profetizou que ele seria um *Buddha*, isto é, um Iluminado. Disse mais: se ele ficasse no seu reino, seria um grande monarca; mas, se partisse pelo mundo, seria um grande Mestre da humanidade.

O rei fez tudo para cercar o príncipe de coisas e pessoas amáveis, e satisfazer-lhe todos os desejos. O príncipe cresceu, estudou, casou-se, participou de muitas festas, e o rei desejava que a sua sorte fosse a de um monarca feliz, entre vassalos felizes.

Mas uma vez, passeando na sua carruagem, o príncipe encontrou no seu caminho um velho, que a idade empobrecera e enfraquecera, e que lhe estendeu a mão, pedindo uma esmola. E Siddhartha aprendeu que todos os homens, com o tempo, podiam chegar àquela triste situação. Grande foi a sua tristeza, que o rei tentou atenuar com festas e distrações. Mas o príncipe encontrou, a seguir, um homem doente, que gemia, caído na estrada; e mais tarde viu mulheres que choravam acompanhando um enterro. Mas um dia encontrou também um homem de cabeça raspada, vestido de roupas simples, que pedia um pouco de comida numa tigela. E soube que aquele homem abandonara o mundo, dera aos outros o que possuíra, e vivia apenas de esmolas. Este último encontro foi decisivo para a sua vida. "Farei como este homem. Abandonarei o que é meu. Irei pelo mundo afora. Terei paz de espírito. E ensinarei a humanidade a vencer as desgraças da vida."

Sofreu muito para deixar o palácio, pois acabava de nascer o seu primeiro filho. Nem se despediu da princesa, para não a despertar. Partiu com um criado fiel; e diz a lenda que ninguém ouviu os passos do seu cavalo porque os deuses haviam juncado o chão de flores, para ensurdecê-los.

Siddhartha encontrou o Demônio, ao sair da cidade. O Demônio aconselhou-o a não partir: dentro de sete dias, dar-lhe-ia todos os reinos deste mundo, para que ele os governasse. Mas o príncipe respondeu-lhe que não queria bens terrenos; queria apenas ser um *Buddha*, um Iluminado, para poder tornar felizes todos os homens. E o príncipe procurou entender o mundo, conhecer a Verdade, a causa do sofrimento e a maneira de acabar com o sofrimento. E começou a ensinar a alguns discípulos maneiras corretas de viver: saber crer, ter altos objetivos, falar com benevolência, ter uma conduta perfeita, uma profissão honesta, ser perseverante na bondade, usar dignamente da inteligência, saber meditar.

Já era, então, um Iluminado. Praticou e ensinou largamente o bem, não apenas entre os homens, mas também para com os animais. Sua doutrina foi a da não violência. E seu prestígio dilatou-se pela terra e da Índia passou para o Extremo Oriente, e hoje, até no Ocidente, seu nome é venerado com amor e respeito.

Em Ajanta, na Índia, à margem de um curso d'água de que vi apenas o leito, alinham-se as várias capelas de um antiquíssimo mosteiro budista. Tudo cortado na pedra e recoberto de pinturas que se tornaram célebres. Essas grutas, hoje vazias, são apenas um dos grandes monumentos de arte da Índia. Mas a doutrina do *Buddha* impregnou o coração das criaturas, e naquele lado do mundo nem os passarinhos fogem com medo dos homens.

Agora há pouco, assisti em São Paulo, num templo budista, à comemoração do nascimento do príncipe Siddhartha. Uma cerimônia simples, com recitação e canto em japonês, uma breve palestra em português, alguns *slides* sobre a história do *Buddha.* Numa espécie de pequeno andor, enfeitado de flores e colocado no meio da sala, havia uma pequena imagem do *Buddha.* De cada lado, um recipiente com chá. Os fiéis, a certa altura da cerimônia, faziam uma reverência ao jovem príncipe, representado não na postura consagrada de Iluminado, mas de pé, e vertiam sobre a sua imagem uma colher de chá, como alusão ao seu primeiro banho. A atmosfera, simples e cordial, recendia aos incensos que, no Oriente, são usados em quase todas as cerimônias.

E, entre estes dias tumultuosos, pesados de ambições e violências, comovia-me assistir àquela celebração de aniversário de um príncipe que há cerca de 2500 anos abandonou todas as suas riquezas para ensinar aos homens o caminho da felicidade, que é o da sabedoria. Tão longe, no espaço e no tempo, ali se festejava o seu nascimento. Ali se renovava a esperança de um constante aperfeiçoamento do homem em seus pensamentos, sentimentos e atos. De uma disciplina espiritual. De uma vontade efetiva de ser melhor. A fumaça do incenso perfumava esses sonhos, e levava-os para o céu.

Conversas antigas de fim de ano

– Teria sido Juvenal que cortou todos esses ramos de mangueira?

– Não: eu creio que Desidério ajudou. Ele sozinho não podia fazer todo o serviço.

– Desidério é horrível, não é? Tem um nome tão feio, tão feio... E ele parece um homem fantasiado de urso, não parece?

– Não acho, não. Desidério não é bonito. Mas eu gosto do nome dele. E tudo que ele faz é bom. Viva o Desidério!

– Que menina insuportável. Isso é hora de dar vivas a alguém?

– Não. A ninguém. Só ao Desidério, que ajudou Juvenal a cortar os ramos de mangueira!

(O pátio da escola está juncado de folhas. Sente-se um cheiro delicioso como se agora se habitasse dentro das árvores: um cheiro de seiva úmida, viva, quente. O palco também está juncado de folhagem e passam festões de folhas de um lado para outro, na parte de cima, entremeados a fitas verdes e amarelas.)

– Julinha! Zuleica! Mas que vestidos bonitos vocês têm! Como brilham! Que fazenda é essa?

– A fazenda não sei como se chama: deve ser nanzuque ou mol-mol. Minha mãe é que sabe.

– Mas, por baixo, temos sombras de cetim.

– Ah! e as rendas...

– As rendas são estrangeiras.

– Tão bonitas!

– O seu vestido é o mesmo da última festa, não é?

– É o mesmo. No ano que vem terei um novo. Não me importo com isso. Estava ficando curto, minha avó abaixou duas pregas. Mas a minha faixa é nova. Também é estrangeira. Eu gosto muito da franja, não é linda?

– Julinha! Zuleica! Vamos dar uma corrida até o portão!

– Eu não posso. Meu vestido é muito fino.

– Eu também não. Meu sapato é novo e está um pouco apertado. É ruim sapato apertado, não é?

– É, faz bolhas no calcanhar.

– Está uma beleza, a escola. Tudo coberto de folhagem de mangueira. Até dá um pouco de dor de cabeça. A senhora não vai logo à festa?

– Não, os meus filhos estão em escola particular.

– E aprendem muito?

– Aprendem alguma coisa: e os seus?

– Oh! os meus estão adiantadíssimos. Nem gostam de livros; mas sabem tanto que meu marido fica admirado. A maiorzinha até vai cantar hoje uma cantiga em japonês!

– Em japonês!

– Sim, senhora. Tem quimono, tamanquinhos, flor na cabeça, um leque enorme e canta *Chon kina chon...*

– *Chon kina chon*? Que é que isso quer dizer?

– Ah! não sei, mas é uma beleza. Ela canta virando o leque por cima deste ombro, por cima do outro. Todo mundo bate palmas!

– Julinha! Zuleica! Não podemos ficar juntas! Que pena! Cada um tem de ir para a sua fila! Por que você está triste, Julinha?

– Minha mãe vai ficar zangada: puxaram-me pelo vestido, e olhe a renda como ficou!

– É mesmo! E Zuleica? Também rasgou o vestido?

– Não: eu não posso pisar com estes sapatos! Não posso andar! Não gosto de sapatos novos!

– Oh! mas já vai começar a festa. Vocês viram que porção de prêmios nós vamos ganhar?

– Ah! eu não vou ganhar nenhum.

– Eu também não.

– Como é que vocês sabem?

- Pelas notas.

- Você não ouviu a professora dizer que nós tínhamos estudado muito pouco?

- Ah! não ouvi.

- Já começaram a tocar o hino? As crianças já vão cantar?

- Creio que ainda não. É alguém que está experimentando o piano. Parece que aqui na escola há uma menina que é um gênio, como pianista.

- Então vamos prestar atenção. Pode ser ela.

- A senhora viu aquela meninazinha amarela que recebeu uma porção de prêmios? Não tem pai nem mãe. Estuda tanto, sabe tanto, que é a melhor aluna da escola.

- Qual é? Aquela ali?

- Aquela mesma. O vestidinho dela já não é novo: mas está muito bem engomado.

- Esses babados de bordado inglês são muito vistosos.

- E viu que faixa bonita ela traz à cintura? Deve ser francesa. A faixa é nova. Não há outra igual em toda a escola.

- Parece que ela nem se importa com isso! Não está vendo? Sentou-se num galho de mangueira que estava no chão, e está roendo um biscoito, como quem nem sente o gosto; e com a outra mão vai folheando um dos livros que recebeu. Olhe quantos lhe deram: um, dois, três, quatro...

- São bonitos, não são, esses livros vermelhos de beira dourada?

Cronologia

1901

A 7 de novembro, nasce Cecília Benevides de Carvalho Meirelles, no Rio de Janeiro. Seus pais, Carlos Alberto de Carvalho Meirelles (falecido três meses antes do nascimento da filha) e Mathilde Benevides. Dos quatro filhos do casal, apenas Cecília sobrevive.

1904

Com a morte da mãe, passa a ser criada pela avó materna, Jacintha Garcia Benevides.

1910

Conclui com distinção o curso primário na Escola Estácio de Sá.

1912

Conclui com distinção o curso médio na Escola Estácio de Sá, premiada com medalha de ouro recebida no ano seguinte das mãos de Olavo Bilac, então inspetor escolar do Distrito Federal.

1917

Formada pela Escola Normal (Instituto de Educação), começa a exercer o magistério primário em escolas oficiais do Distrito. Estuda línguas e em seguida ingressa no Conservatório de Música.

1919

Publica o primeiro livro, *Espectros*.

1922

Casa-se com o artista plástico português Fernando Correia Dias.

1923

Publica *Nunca mais... e Poema dos poemas*. Nasce sua filha Maria Elvira.

1924

Publica o livro didático *Criança meu amor...* Nasce sua filha Maria Mathilde.

1925

Publica *Baladas para El-Rei.* Nasce sua filha Maria Fernanda.

1927

Aproxima-se do grupo modernista que se congrega em torno da revista *Festa.*

1929

Publica a tese *O espírito vitorioso.* Começa a escrever crônicas para *O Jornal,* do Rio de Janeiro.

1930

Publica o ensaio *Saudação à menina de Portugal.* Participa ativamente do movimento de reformas do ensino e dirige, no *Diário de Notícias,* página diária dedicada a assuntos de educação (até 1933).

1934

Publica o livro *Leituras infantis,* resultado de uma pesquisa pedagógica. Cria uma biblioteca (pioneira no país) especializada em literatura infantil, no antigo Pavilhão Mourisco, na praia de Botafogo. Viaja a Portugal, onde faz conferências nas Universidades de Lisboa e Coimbra.

1935

Publica em Portugal os ensaios *Notícia da poesia brasileira* e *Batuque, samba e macumba.*

Morre Fernando Correia Dias.

1936

Nomeada professora de literatura luso-brasileira e mais tarde técnica e crítica literária da recém-criada Universidade do Distrito Federal, na qual permanece até 1938.

1937

Publica o livro infantojuvenil *A festa das letras,* em parceria com Josué de Castro.

1938

Publica o livro didático *Rute e Alberto resolveram ser turistas*. Conquista o prêmio Olavo Bilac de poesia da Academia Brasileira de Letras com o inédito *Viagem*.

1939

Em Lisboa, publica *Viagem*, quando adota o sobrenome literário Meireles, sem o *l* dobrado.

1940

Leciona Literatura e Cultura Brasileiras na Universidade do Texas, Estados Unidos. Profere no México conferências sobre literatura, folclore e educação. Casa-se com o agrônomo Heitor Vinicius da Silveira Grillo.

1941

Começa a escrever crônicas para *A Manhã*, do Rio de Janeiro. Dirige a revista *Travel in Brazil*, do Departamento de Imprensa e Propaganda.

1942

Publica *Vaga música*.

1944

Publica a antologia *Poetas novos de Portugal*. Viaja para o Uruguai e para a Argentina. Começa a escrever crônicas para a *Folha Carioca* e o *Correio Paulistano*.

1945

Publica *Mar absoluto e outros poemas* e, em Boston, o livro didático *Rute e Alberto*.

1947

Publica em Montevidéu *Antologia poética (1923-1945)*.

1948

Publica em Portugal *Evocação lírica de Lisboa*. Passa a colaborar com a Comissão Nacional do Folclore.

1949

Publica *Retrato natural* e a biografia *Rui: pequena história de uma grande vida*. Começa a escrever crônicas para a *Folha da Manhã*, de São Paulo.

1951

Publica *Amor em Leonoreta*, em edição fora de comércio, e o livro de ensaios *Problemas da literatura infantil*.

Secretaria o Primeiro Congresso Nacional de Folclore.

1952

Publica *Doze noturnos da Holanda & O Aeronauta* e o ensaio "Artes populares" no volume em coautoria *As artes plásticas no Brasil*. Recebe o Grau de Oficial da Ordem do Mérito, no Chile.

1953

Publica *Romanceiro da Inconfidência* e, em Haia, *Poèmes*. Começa a escrever para o suplemento literário do *Diário de Notícias*, do Rio de Janeiro, e para *O Estado de S. Paulo*.

1953-1954

Viaja para a Europa, Açores, Goa e Índia, onde recebe o título de Doutora *Honoris Causa* da Universidade de Delhi.

1955

Publica *Pequeno oratório de Santa Clara, Pistoia, cemitério militar brasileiro* e *Espelho cego*, em edições fora de comércio, e, em Portugal, o ensaio *Panorama folclórico dos Açores: especialmente da Ilha de S. Miguel*.

1956

Publica *Canções* e *Giroflê, giroflá*.

1957

Publica *Romance de Santa Cecília* e *A rosa*, em edições fora de comércio, e o ensaio *A Bíblia na poesia brasileira*. Viaja para Porto Rico.

1958

Publica *Obra poética* (poesia reunida). Viaja para Israel, Grécia e Itália.

1959

Publica *Eternidade de Israel.*

1960

Publica *Metal rosicler.*

1961

Publica *Poemas escritos na Índia* e, em Nova Delhi, *Tagore and Brazil.*

Começa a escrever crônicas para o programa *Quadrante*, da Rádio Ministério da Educação e Cultura.

1962

Publica a antologia *Poesia de Israel.*

1963

Publica *Solombra* e *Antologia poética.* Começa a escrever crônicas para o programa *Vozes da cidade*, da Rádio Roquette-Pinto, e para a *Folha de S.Paulo.*

1964

Publica o livro infantojuvenil *Ou isto ou aquilo*, com ilustrações de Maria Bonomi, e o livro de crônicas *Escolha o seu sonho.*

Falece a 9 de novembro, no Rio de Janeiro.

1965

Conquista, postumamente, o Prêmio Machado de Assis da Academia Brasileira de Letras, pelo conjunto de sua obra.

Bibliografia básica sobre Cecília Meireles

ANDRADE, Mário de. Cecília e a poesia. *In:* ______. *O empalhador de passarinho*. São Paulo: Martins, [1946].

______. Viagem. *In:* ______. *O empalhador de passarinho*. São Paulo: Martins, [1946].

AZEVEDO FILHO, Leodegário A. de (Org.). Cecília Meireles. *In:* ______. (Org.). *Poetas do modernismo:* antologia crítica. Brasília: Instituto Nacional do Livro, 1972. v. 4.

______. *Poesia e estilo de Cecília Meireles*: a pastora de nuvens. Rio de Janeiro: José Olympio, 1970.

______. *Três poetas de* Festa: Tasso, Murillo e Cecília. Rio de Janeiro: Padrão, 1980.

BANDEIRA, Manuel. *Apresentação da poesia brasileira*. São Paulo: Cosac Naify, 2009.

BERABA, Ana Luiza. *América aracnídea*: teias culturais interamericanas. Rio de Janeiro: Civilização Brasileira, 2008.

BLOCH, Pedro. Cecília Meireles. *Entrevista*: vida, pensamento e obra de grandes vultos da cultura brasileira. Rio de Janeiro: Bloch, 1989.

BONAPACE, Adolphina Portella. *O Romanceiro da Inconfidência*: meditação sobre o destino do homem. Rio de Janeiro: Livraria São José, 1974.

BOSI, Alfredo. Em torno da poesia de Cecília Meireles. In: ______. *Céu, inferno*: ensaios de crítica literária e ideológica. São Paulo: Duas Cidades/Editora 34, 2003.

BRITO, Mário da Silva. Cecília Meireles. In: ______. *Poesia do Modernismo*. Rio de Janeiro: Civilização Brasileira, 1968.

CACCESE, Neusa Pinsard. *Festa*: contribuição para o estudo do Modernismo. São Paulo: Instituto de Estudos Brasileiros, 1971.

CANDIDO, Antonio; CASTELLO, José Aderaldo (Orgs.). Cecília Meireles. *Presença da literatura brasileira 3*: Modernismo. 2. ed. São Paulo: Difusão Europeia do Livro, 1967.

CARPEAUX, Otto Maria. Poesia intemporal. In: ______. *Ensaios reunidos*: 1942-1978. Rio de Janeiro: UniverCidade/Topbooks, 1999.

CASTELLO, José Aderaldo. O Grupo Festa. In: ______. *A literatura brasileira*: origens e unidade. São Paulo: EDUSP, 1999. v. 2.

CASTRO, Marcos de. Bandeira, Drummond, Cecília, os contemporâneos. In: ______. *Caminho para a leitura*. Rio de Janeiro: Record, 2005.

CAVALIERI, Ruth Villela. *Cecília Meireles*: o ser e o tempo na imagem refletida. Rio de Janeiro: Achiamé, 1984.

COELHO, Nelly Novaes. Cecília Meireles. In: ______. *Dicionário crítico da literatura infantil e juvenil brasileira*. São Paulo: Nacional, 2006.

______. Cecília Meireles. In: ______. *Dicionário crítico de escritoras brasileiras*: 1711-2001. São Paulo: Escrituras, 2002.

______. O "eterno instante" na poesia de Cecília Meireles. In: ______. *Tempo, solidão e morte*. São Paulo: Conselho Estadual de Cultura/ Comissão e Literatura, 1964.

______. O eterno instante na poesia de Cecília Meireles. In: ______. *A literatura feminina no Brasil contemporâneo*. São Paulo: Siciliano, 1993.

CORREIA, Roberto Alvim. Cecília Meireles. In: ______. *Anteu e a crítica*: ensaios literários. Rio de Janeiro: José Olympio, 1948.

DAMASCENO, Darcy. *Cecília Meireles*: o mundo contemplado. Rio de Janeiro: Orfeu, 1967.

______. *De Gregório a Cecília*. Organização de Antonio Carlos Secchin e Iracilda Damasceno. Rio de Janeiro: Galo Branco, 2007.

DANTAS, José Maria de Souza. *A consciência poética de uma viagem sem fim*: a poética de Cecília Meireles. Rio de Janeiro: Eu & Você, 1984.

FAUSTINO, Mário. O livro por dentro. In: ______. *De Anchieta aos concretos*. Organização de Maria Eugênia Boaventura. São Paulo: Companhia das Letras, 2003.

FONTELES, Graça Roriz. *Cecília Meireles*: lirismo e religiosidade. São Paulo: Scortecci, 2010.

GARCIA, Othon M. Exercício de numerologia poética: paridade numérica e geometria do sonho em um poema de Cecília Meireles. In: ______. *Esfinge clara e outros enigmas*: ensaios estilísticos. 2. ed. Rio de Janeiro: Topbooks, 1996.

GENS, Rosa (Org.). *Cecília Meireles*: o desenho da vida. Rio de Janeiro: Setor Cultural/Núcleo Interdisciplinar de Estudos da Mulher na Literatura/ UFRJ, 2002.

GOLDSTEIN, Norma Seltzer. *Roteiro de leitura*: *Romanceiro da Inconfidência* de Cecília Meireles. São Paulo: Ática, 1988.

GOUVÊA, Leila V. B. *Cecília em Portugal*: ensaio biográfico sobre a presença de Cecília Meireles na terra de Camões, Antero e Pessoa. São Paulo: Iluminuras, 2001.

______. (Org.). *Ensaios sobre Cecília Meireles*. São Paulo: Humanitas/ FAPESP, 2007.

______. *Pensamento e "lirismo puro" na poesia de Cecília Meireles*. São Paulo: EDUSP, 2008.

GOUVEIA, Margarida Maia. *Cecília Meireles*: uma poética do "eterno instante". Lisboa: Imprensa Nacional/Casa da Moeda, 2002.

______. *Vitorino Nemésio e Cecília Meireles*: a ilha ancestral. Porto: Fundação Engenheiro António de Almeida; Ponta Delgada: Casa dos Açores do Norte, 2001.

HANSEN, João Adolfo. Solombra *ou A sombra que cai sobre o eu*. São Paulo: Hedra, 2005.

LAMEGO, Valéria. *A farpa na lira*: Cecília Meireles na Revolução de 30. Rio de Janeiro: Record, 1996.

LINHARES, Temístocles. Revisão de Cecília Meireles. In: ______. *Diálogos sobre a poesia brasileira*. São Paulo: Melhoramentos, 1976.

LÔBO, Yolanda. *Cecília Meireles*. Recife: Massangana/Fundação Joaquim Nabuco, 2010.

MALEVAL, Maria do Amparo Tavares. Cecília Meireles. In: ______. *Poesia medieval no Brasil*. Rio de Janeiro: Ágora da Ilha, 2002.

MANNA, Lúcia Helena Sgaraglia. *Pelas trilhas do* Romanceiro da Inconfidência. Niterói: EdUFF, 1985.

MARTINS, Wilson. Lutas literárias (?). In: ______. *O ano literário*: 2002-2003. Rio de Janeiro: Topbooks, 2007.

MELLO, Ana Maria Lisboa de (Org.). *A poesia metafísica no Brasil*: percursos e modulações. Porto Alegre: Libretos, 2009.

______. (Org.). *Cecília Meireles & Murilo Mendes (1901-2001)*. Porto Alegre: Uniprom, 2002.

______; UTÉZA, Francis. *Oriente e ocidente na poesia de Cecília Meireles*. Porto Alegre: Libretos, 2006.

MILLIET, Sérgio. *Panorama da moderna poesia brasileira*. Rio de Janeiro: Ministério da Educação e Saúde/Serviço de Documentação, 1952.

MOISÉS, Massaud. Cecília Meireles. In: ______. *História da literatura brasileira*: Modernismo. São Paulo: Cultrix, 1989.

MONTEIRO, Adolfo Casais. Cecília Meireles. In: ______. *Figuras e problemas da literatura brasileira contemporânea*. São Paulo: Instituto de Estudos Brasileiros, 1972.

MORAES, Vinicius de. Suave amiga. In: ______. *Para uma menina com uma flor*. Rio de Janeiro: Editora do Autor, 1966.

MOREIRA, Maria Edinara Leão. *Estética e transcendência em* O estudante empírico, *de Cecília Meireles*. Passo Fundo: Editora da Universidade de Passo Fundo, 2007.

MURICY, Andrade. Cecília Meireles. In: ______. *A nova literatura brasileira*: crítica e antologia. Porto Alegre: Globo, 1936.

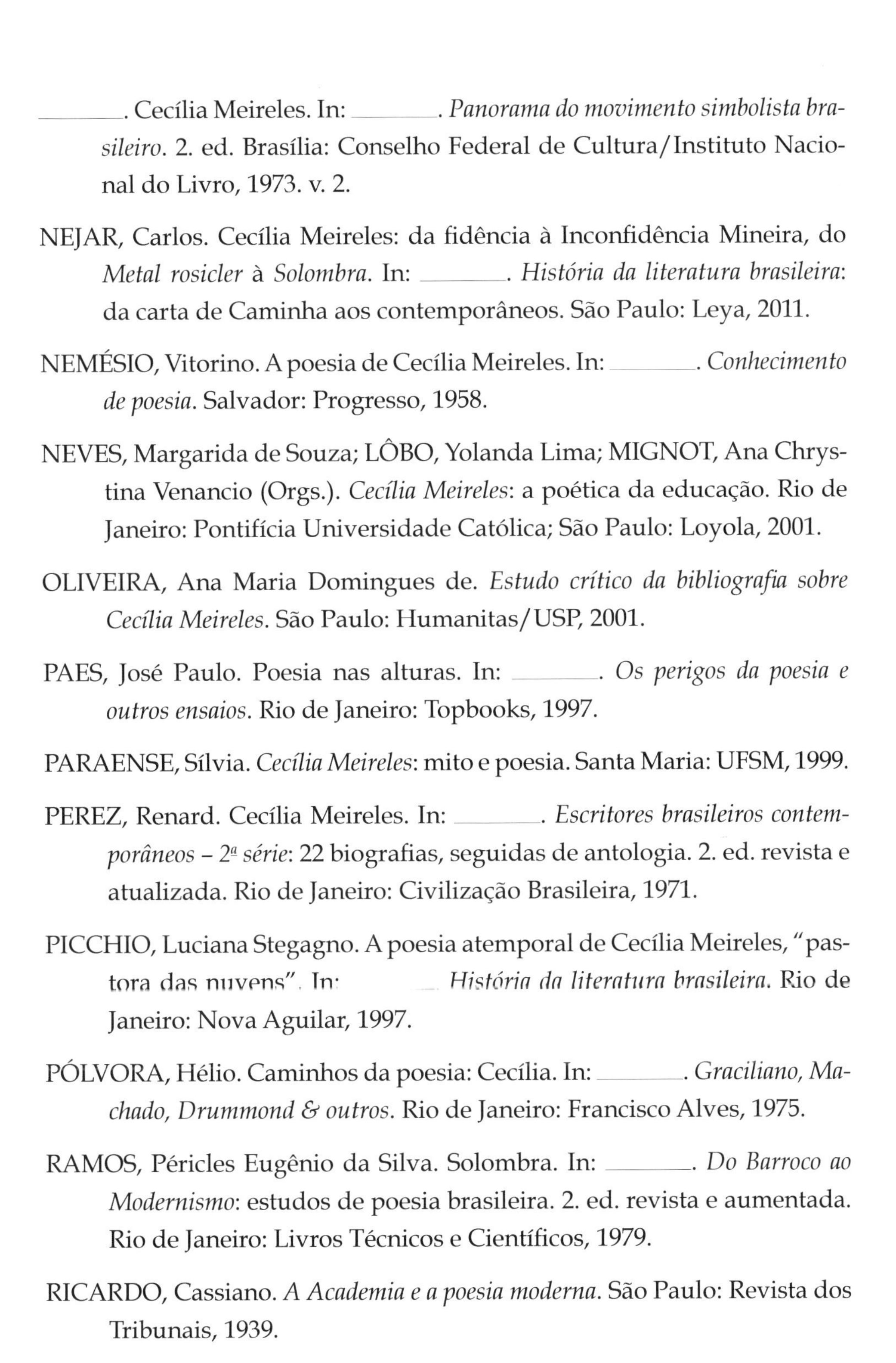

______. Cecília Meireles. In: ______. *Panorama do movimento simbolista brasileiro.* 2. ed. Brasília: Conselho Federal de Cultura/Instituto Nacional do Livro, 1973. v. 2.

NEJAR, Carlos. Cecília Meireles: da fidência à Inconfidência Mineira, do *Metal rosicler* à *Solombra*. In: ______. *História da literatura brasileira*: da carta de Caminha aos contemporâneos. São Paulo: Leya, 2011.

NEMÉSIO, Vitorino. A poesia de Cecília Meireles. In: ______. *Conhecimento de poesia*. Salvador: Progresso, 1958.

NEVES, Margarida de Souza; LÔBO, Yolanda Lima; MIGNOT, Ana Chrystina Venancio (Orgs.). *Cecília Meireles*: a poética da educação. Rio de Janeiro: Pontifícia Universidade Católica; São Paulo: Loyola, 2001.

OLIVEIRA, Ana Maria Domingues de. *Estudo crítico da bibliografia sobre Cecília Meireles*. São Paulo: Humanitas/USP, 2001.

PAES, José Paulo. Poesia nas alturas. In: ______. *Os perigos da poesia e outros ensaios*. Rio de Janeiro: Topbooks, 1997.

PARAENSE, Sílvia. *Cecília Meireles*: mito e poesia. Santa Maria: UFSM, 1999.

PEREZ, Renard. Cecília Meireles. In: ______. *Escritores brasileiros contemporâneos – 2ª série*: 22 biografias, seguidas de antologia. 2. ed. revista e atualizada. Rio de Janeiro: Civilização Brasileira, 1971.

PICCHIO, Luciana Stegagno. A poesia atemporal de Cecília Meireles, "pastora das nuvens". In: ______. *História da literatura brasileira*. Rio de Janeiro: Nova Aguilar, 1997.

PÓLVORA, Hélio. Caminhos da poesia: Cecília. In: ______. *Graciliano, Machado, Drummond & outros*. Rio de Janeiro: Francisco Alves, 1975.

RAMOS, Péricles Eugênio da Silva. Solombra. In: ______. *Do Barroco ao Modernismo*: estudos de poesia brasileira. 2. ed. revista e aumentada. Rio de Janeiro: Livros Técnicos e Científicos, 1979.

RICARDO, Cassiano. *A Academia e a poesia moderna*. São Paulo: Revista dos Tribunais, 1939.

RÓNAI, Paulo. O conceito de beleza em *Mar absoluto*. In: ______. *Encontros com o Brasil*. 2. ed. Rio de Janeiro: Batel, 2009.

______. Uma impressão sobre a poesia de Cecília Meireles. In: ______. *Encontros com o Brasil*. 2. ed. Rio de Janeiro: Batel, 2009.

SADLIER, Darlene J. *Cecília Meireles & João Alphonsus*. Brasília: André Quicé, 1984.

______. *Imagery and Theme in the Poetry of Cecília Meireles:* a study of *Mar absoluto*. Madrid: José Porrúa Turanzas, 1983.

SECCHIN, Antonio Carlos. Cecília: a incessante canção. In: ______. *Escritos sobre poesia & alguma ficção*. Rio de Janeiro: EdUERJ, 2003.

______. Cecília Meireles e os *Poemas escritos na Índia*. In: ______. *Memórias de um leitor de poesia & outros ensaios*. Rio de Janeiro: Topbooks/Academia Brasileira de Letras, 2010.

______. O enigma Cecília Meireles. In: ______. *Memórias de um leitor de poesia & outros ensaios*. Rio de Janeiro: Topbooks/Academia Brasileira de Letras, 2010.

SIMÕES, João Gaspar. Cecília Meireles: *Metal rosicler*. In: ______. *Crítica II*: poetas contemporâneos (1946-1961). Lisboa: Delfos, s.d.

VERISSIMO, Erico. Entre Deus e os oprimidos. In: ______. *Breve história da literatura brasileira*. São Paulo: Globo, 1995.

VILLAÇA, Antonio Carlos. Cecília Meireles: a eternidade entre os dedos. In: ______. *Tema e voltas*. Rio de Janeiro: Hachette, 1975.

YUNES, Eliana; BINGEMER, Maria Clara L. (Orgs.). *Murilo, Cecília e Drummond*: 100 anos com Deus na poesia brasileira. Rio de Janeiro: Pontifícia Universidade Católica; São Paulo: Loyola, 2004.

ZAGURY, Eliane. *Cecília Meireles*. Petrópolis: Vozes, 1973.

Acervo pessoal de Cecília Meireles

Cecília Meireles nasceu em 7 de novembro de 1901, no Rio de Janeiro, onde faleceu, em 9 de novembro de 1964. Publicou seu primeiro livro, *Espectros*, em 1919, e em 1938 seu livro *Viagem* conquistou o prêmio Olavo Bilac de poesia, concedido pela Academia Brasileira de Letras. Um dos poetas brasileiros mais amados pelo público, foi jornalista, cronista, ensaísta, professora, autora de literatura infantojuvenil e pioneira na difusão do gênero no Brasil. Em 1965, recebeu, postumamente, o prêmio Machado de Assis da Academia Brasileira de Letras, pelo conjunto de sua obra.